書
天堂
Book Paradise

Acknowledgments

This book would have never been completed without assistance and suggestions from numerous sources. Several book people made it possible for me to work more efficiently. These include John Durham, George Fox, Joe Luttrell, Ian Jackson, Joe Marchione, Allan Milkerit, Asa Peavy, Mike Pincus, Ronald Randall, and Gary Stollery.

Appreciation to Robert Fleck, John Crichton, the International League of Antiquarian Booksellers and the Antiquarian Booksellers' Association of America for permission to reprint the posters of ILAB and ABAA bookfairs.

I also am grateful to Michael and Sandy Good for their good hearts and hospitality.

Special thanks to the Pierpont Morgan Library, Octavo Corporation, Pacific Book Auction Galleries, the Grolier Club, Eduardo Comesaña, Béatrice Coron, Paul Heydenburg, Nina Nordlicht, Mark Terry, and Jeannette Watson for providing photographic materials to reproduce.

Many friends have provided support and encouragement during the course of writing this book. I am indebted to Jih-Heng Jong, Florence Lee, Li-Hsiang Wang, Teresa Buczacki, King Shaw, Julia Hsiao, and, last but not least, Daniel Prouty.

書天堂
Book Paradise

鍾芳玲
Fang-Ling Jong

遠流出版公司

　　我對童年最鮮明的印象是：一個識字不多的小女孩，在一家擠滿大人文字書與紙筆文具的傳統書店中，時而好奇地遊走、時而蜷曲於書店的一角，似懂非懂地翻閱著書頁。

　　由於那時家住郊區，父母親每回到城中辦事，我老是愛跟著，因為我知道，他們一定會把我當成一件行李般，存放在「寄物櫃」中，然後放心地離去，等事情辦完後，再將寄放的「行李」取回。這既安全、又免費的「寄物櫃」，是大街上一家書店兼文具店，店主是與父親相識的友人。在那個年代，童書不多，現在常見的兒童繪本更是沒見過，書店內擺的，幾乎都是給大人看的書。剛上小學的我，從架上挑中一本後，就蹲坐在一個角落，開始似懂非懂的翻閱起來。

　　為了能看懂書店中更多的書，我竟然變得喜歡上學，因為在學校可以學更多的新字，二三年級後，我開始會自己買一些不加注音的大人書，這讓小小年紀的我覺得很有些成就感。另外，我特別歡迎大小考試的到臨，因為父母和我約定，每次只要考前三名，就能領取一百至三百的零用金，有了零用金自然就能買更多的課外讀物，這個良性的循環，使得愛讀書的習慣一直跟隨著我，成了我生命中最珍貴的無形資產。如今想來，自己對書籍與書店的依戀，當追本溯源到幼年時期。書籍是我精神的寄託，書店成了我心靈的避風港，父母親當時不經意的舉動，竟然為我打造出一座書的天堂樂園。

　　在我日後雲遊西方二十年的生涯中，因為造訪無數與書相關的人物與地方，我對書籍之愛不僅限於用心閱讀其中的內容，更擴展到以各個感官去欣賞它們因形體所呈現出的多重風貌。如果前者可以被比擬為柏拉圖式的精神之愛，後者就可以被喻為肉體之愛；書籍的內在美與外在美對我同樣具有誘惑力。

　　我一方面在意書中文字所傳遞的情境、意念與訊息，另一方面也喜歡以手指去觸摸具有質感的紙頁與印刷、用眼睛去觀賞書籍的設計與裝幀、用鼻子去分辨古書及新書所散發的不同書香、用耳朵去傾聽經由人聲所朗誦出的詩詞與故事。我發現在不同時空裡，存在許多和我一樣透過觸覺、視覺、嗅覺、聽覺與書交會的愛書人，有些人甚至

更以味覺去品嚐書。

《書天堂》是一本「有關書的書」（book about books），談的是我在西方書世界中的見聞。更確切地說，這是一本「有關書人的書」（book about book people） 也是一本「有關書地的書」（book about book places），因此書中的文章粗略分為兩大篇：Book People 、Book Places。這個二分法主要是為了編輯與閱讀的方便，兩者並非相互排斥（exclusive），而是相互包容（inclusive）。例如〈愛書人的金礦〉雖然指的的是北加州的內華達郡，但也是在談那裡的書人；people、places、books其實是密不可分的三位一體，而所有的book places都是因book people而存在。《書天堂》當然更是一本旅遊書、一部愛書人為書走天涯的紀錄片。

我本是一個孤僻、有自閉傾向的人，唯有與書相關的話題才能引發我的興趣與熱情，我因此非常贊同英國14世紀的德倫主教（Bishop of Durham）理查・德伯利（Richard de Bury）在他傳世之作《書之愛》（*Philobiblion*） 中提到的一段話：「凡是與書相關之人，不論性別、階級、職位，都最容易敲開我們的心扉，而且獲得我們的熱情與偏愛。」

「書」的定義雖然因時間與科技的演進而改變，成長於數位時代的年輕一輩，或許迷戀電子書更甚紙本書，但無論是身處西方或東方、舊世代或新世代，無論是翱翔於書天堂或任天堂，文字是亙古的橋樑，閱讀是共通的渴望。

Book People

All of both sexes and of every rank
or position who had any kind of association with books,
could most easily open by their knocking the door of our heart,
and find a fit resting-place in our affection and favour.
—— Richard de Bury, *Philobiblion*

凡是與書相關之人，不論性別、階級、職位，都最
容易敲開我們的心扉，
而且獲得我們的熱情與偏愛。
——摘自理查‧德伯利，《書之愛》

高科技與古董書
High Tech and Rare Books

薄薄的一張CD，便完整複製出一本古書。每個細節
都呈現在讀者眼前。油墨的深淺、色彩的濃淡，
完全反映原版本的樣態。即使蟲蛀、摺痕、褪色也無所遁形。

Image courtesy of Octavo

約翰・瓦納克是
國際知名的數
位出版、網路軟體公
司 Adobe Systems,
Inc. 的創辦人，同時
也是位古董書收藏
家。他並於1997年
成立了Octavo公司，
將一些珍貴的古籍數
位化，使得愛書人與
書有另一種接觸的管
道。瓦納克這項創
舉，讓他成為一流的
科技人兼文化人。

拜訪某些高檔的歐美古董書店與精緻的公私
立圖書館，總是能見到一些具有數百年歷史的珍本書
籍。有些印刷精良，字體千變萬化；有些色彩斑斕，
圖案別致；有些裝訂講究，封面甚至還鑲上珠寶。特
別是某些裝飾性極強的中世紀手抄本祈禱書，更是華
麗奪目，讓人油然心生一股莊嚴肅穆的宗教情懷。

另外一些天文、醫學、動物學等不同領域的古老
書籍，則透過文字與圖案，展示了人類文明史的演
進。這些書籍歷經數百年之後，依然帶給現代人感官
與智識上無限的驚喜與享受。每次我在熟識的書商那
裡翻閱那些摩洛哥皮裝訂、羊皮紙印刷的古老書冊
時，書頁中泛出的書香與時間感總是令我怦然心跳。
對於我這種無可救藥的老派愛書人來說，愛的不僅是
書的內容，還有書的形體、書的氣味與書的歷史。

看得到讀不到的古董書

　　只可惜不少古董書都成了圖書館的典藏品，被關在恆溫恆濕控制的密室之中。沒有經過特殊申請管道，一般人是無法一親芳澤的。有些極品中的極品，更成了藝術品，被緊鎖在玻璃展示櫃裡，一旁還有保全人員虎視眈眈地守護著。記不清有多少次了，我特地走訪紐約的皮爾朋‧摩根圖書館（The Pierpont Morgan Library）及南加州的杭廷頓圖書館（Huntington Library），為的也就只是去「瞻仰」躺在櫃中的古騰堡《聖經》。這部15世紀時由西方最早活版印刷術印製的《聖經》，編排精美，書頁邊緣還帶有色彩鮮麗的手繪圖飾。每回隔著玻璃盡情欣賞時，我總不禁嘆為觀止。然而，一次卻也只能看到攤開來的那兩頁，真是恨不得能親手一頁一頁地翻閱來，

　　十八世紀法國畫家皮耶‧喬瑟夫‧禾杜特（Pierre-Joseph Redouté）是史上最知名的植物畫家之一。「玫瑰」是瑞道最擅長的繪畫主題，他在1817至1824年間所出版的三冊版畫集《玫瑰》（*Les Roses*）成為最受歡迎的作品。（左上）

　　英國詩人、畫家愛德華‧李爾（Edward Lear）於1832年自費裝訂出版《鸚鵡》，限量175本。這應是西方第一本單一鳥科繪本，現存不到一百冊。（右上）

英國著名的詩人、畫家、工藝匠師威廉·布雷克（William Blake，1757~1827）最最有名的詩畫集莫過於《天真與經驗之歌》（Songs of Innocence and of Experience），而其中又以〈虎〉（Tyger）這一篇拔得頭籌，單單是開頭前兩句就讓世人領略了詩的魔力：

Tyger, Tyger, burning bright,/In the forests of the night.

布雷克韻律感十足的詩、搭上他個人所繪的淡彩畫，創造出聽覺與視覺上的絕佳美感，也使得《天真與經驗之歌》成了愛書人最想瞻望的珍本書之一。

Image courtesy of Octavo

好好看個夠！

　　當代偵探小說名家勞倫斯·卜洛克（Lawrence Block）的《畫風像蒙德里安的賊》一書中，一位雅賊專門瞄準各大圖書館古董書下手，其振振有詞的理由就是「不滿圖書館不讓這些書流通」。不少人的確對圖書館的嚴密保護措施頗有微詞，認為這無異減低

了書本的實用價值。然而,坦白說,要是真讓我有機會手捧古騰堡《聖經》,只怕會有很大的心理壓力,唯恐自己笨手笨腳、一不留意毀損了書頁,那可不成了千古罪人?畢竟全世界目前僅存四十多本而已。

閱讀歐美古董書還有另一個麻煩,那就是語言的障礙。英文自然沒問題,偏偏拉丁文、德文、義大利文等不同語文出現的機率卻很高,以致我經常只能望文興歎,怨恨此生無法多懂幾種語文。

科技與古籍齊飛

我的沮喪與困擾在高科技的輔助下,終於稍得紓解。這一切得感謝約翰·瓦納克(John Warnock),感謝他在1987年在倫敦的一個古董展上,無意間被一本1570年初版的歐幾里得的《幾何原本》

傑拉得斯·麥卡托(Gerardus Mercator,1512~1594)為法蘭德斯(現為比利時)地理學家、數學家、製圖師,其所提出的「麥卡托投影法」對地圖製作及領航有深遠的影響。麥卡托從1537年開始製作許多世界地圖,其中又以晚年至死後所出版的三巨冊《地圖集》(Atlas)最為著名,他也是史上率先使用Atlas這個字來表示「地圖集」的始祖。圖中所列為《地圖集》中的亞洲區地圖。

靠近一點、靠近一點，你可以再靠近一點，當距離這頁書十多公分時，你可以看見每行字下有淡淡的鉛筆底線，書中的所有文字、圖像及紋飾，全是人工一筆一筆勾勒出來的。這本金碧輝煌的祈禱書，是極品中的極品，產於1524年的法國，現今存放於美國國會圖書館的古書區。

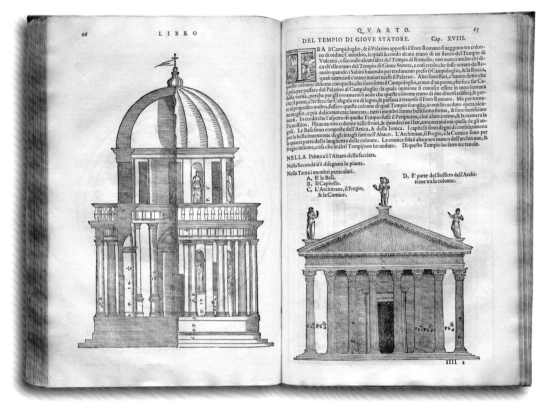

十六世紀義大利文藝復興時期著名建築師帕拉帝歐（Andrea Palladio，1508~1580）於1570年所出版的《建築四書》（*I Quattro Libri dell'Architettura*）是西方最著名的一本建築論述，主導西方建築史長達250年，這本書幾乎被翻譯成所有西方的語文，即使到現在都還以不同版本出現。書中清楚道出帕拉帝歐個人的建築原則並提供實用的建議，再佐以他自己設計的217幅細緻木刻版畫。

（*Elements*）英譯本給吸引住，感謝他的妻子從旁鼓勵他花了七千美元買下這本書，使他自此迷上古董書並成了藏書家，也因此了解古董書因為稀有、昂貴、難以保存等問題而無法普及大眾的困境。瓦納克是一個相信「獨樂樂不如眾樂樂」的藏書家，他希望一般人都能分享他對古董書的喜愛，一個造福愛書人的計劃於焉誕生。

瓦納克者，何許人也？他正是知名的數位出版、網路軟體公司Adobe Systems, Inc. 的創辦人，PhotoShop、PageMaker、Acrobat 等暢銷軟體都是這家公司的產品。瓦納克在1997年成立了Octavo公司（Octavo，意為八開本），把他對於科技與古書的愛結合在一起。

Octavo的主要任務是將古籍數位化，這個數位

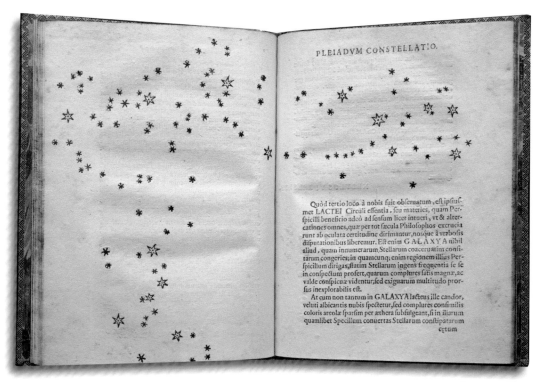

PLEIADVM CONSTELLATIO.

Quòd tertio loco à nobis fuit obferuatum, eft ipfiuf-
met LACTEI Circuli effentia, feu materies, quam Per-
fpicilli beneficio adeò ad fenfum licet intueri, vt & alter-
cationes omnes,quæ per tot fæcula Philofophos excrucia-
runt ab oculata certitudine dirimantur, nosque à verbofis
difputationibus liberemur. Eft enim GALAXYA nihil
aliud, quam innumerarum Stellarum coaceruatim confi-
tarum congeries; in quamcunq; enim regionem illius Per-
fpicillum dirigas, ftatim Stellarum ingens frequentia fe fe
in confpectum profert, quarum complures fatis magnæ, ac
valde confpicuæ videntur; fed exiguarum multitudo pror-
fus inexplorabilis eft.
    At cum non tantum in GALAXYA lacteus ille candor,
veluti albicantis nubis fpectetur, fed complures confimilis
coloris areolæ fparfim per æthera fubfulgeant, fi in illarum
quamlibet Specillum conuertas Stellarum conftipatarum
                                                      cætum

化的過程並非像眾所皆知的「古騰堡計劃」(Project Gutenberg),將已成為公共財的無版權著作的內容儲存於網站中,供讀者免費閱讀、搜尋與下載。讀者在此看到的只是文字檔案,且可能因為打字輸入的人為疏忽而有錯誤。Octavo的作法是從各個學科領域選定圖文獨具代表性的古籍,佐以先進的高解析影像技術,以特製的攝影機配合完善的周邊設備逐頁拍攝,文字與圖片檔案經由繁複的編輯過程後,壓縮儲存於CD-ROM之中。

這樣薄薄的一張CD片,便能完整地複製出一本古書的所有面向。除了每頁的文字與圖片之外,還包括封面、書名頁、目錄頁、版權頁,其高解析的逼真效果讓書頁中的每個細節都一一地呈現在讀者眼前。油墨的深淺、色彩的濃淡,完全反映原版本的樣態。即使書中原有的蟲蛀、摺痕、褪色、浮水印或是筆記

知 名的義大利天文學家伽利略(Galileo Galilei,1564~1642)的《星空使者》(*Sidereus Nuncius*)是他使用自製望遠鏡觀測星空後所寫下的紀錄,這本天文學的不朽名著,不僅證實了哥白尼的日心說,還提出了木星有四個衛星的觀察。Octavo數位版所依據的版本是來自創辦人瓦納克的收藏。

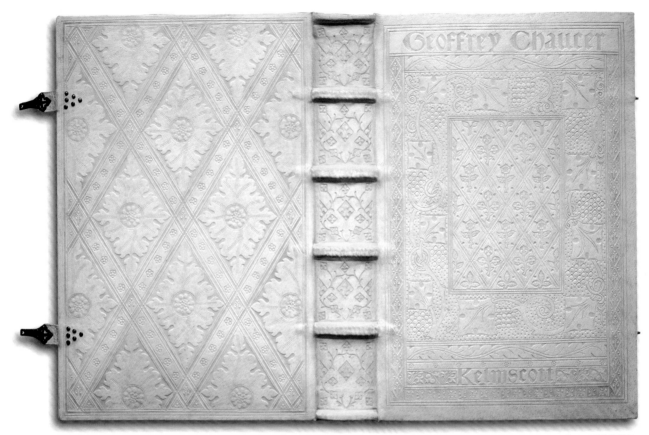

由英國詩人、工藝匠師,也是畫家的威廉‧摩里斯(William Morris)創辦的「凱姆斯考特印刷社」(The Kelmscott Press),將書籍視為藝術品般創作,其登峰造極之作《喬叟作品集》由摩里斯親自設計,書中87幅版畫出自伯恩-瓊斯之手。此書以罕見的白色豬皮裝訂,圖案則取材自一本15世紀藏書。Octavo數位版本是根據伯恩-瓊斯所曾擁有者而來。

的痕跡也無所遁形。若不特別留意,印表機列印出來的書頁簡直幾可亂真。

Octavo的數位版本除了忠實拷貝原書外,還具備其他超強的功能,例如讀者可以鍵入語詞快速搜索文本,也可針對任一範圍特寫放大數倍,使得最細微的筆觸都一覽無遺。某些非英文版本甚至還附帶英文翻譯,有些版本更聘請專家作精闢導讀和評論。

輕而易舉親近古籍

截至目前為止,Octavo已先將瓦納克手上精彩收藏數位化,還與幾個世界知名圖書館,如美國的國會圖書館、紐約公立圖書館、柏克萊班克勞馥圖書館、華盛頓莎士比亞圖書館等合作,產品包括了牛頓

的《光學》（*Opticks*，1704年）、哥白尼的《天體運行論》（*De Revolutionibus Orbium Coelestium*，1543年）、莎士比亞的《詩集》（*Poems*，1640年）、維薩留斯（Andreas Vesalius）的《人體結構論》（*De Humani Corporis Fabrica*，1543年）等數十種版本。讀者可以到其網站中試讀並購買，每部價格約在20到40美元間。一套1623年首度出版的《莎士比亞全集》，按市價至少150萬美元以上，當Octavo數位版促銷當時，只賣16.23美元，實在很划算！

　　在電腦上欣賞這些數位化的古籍，當然無法產生用手觸摸實體書時的那種親密感覺。然而，一般高檔古籍，到頭來往往也「只能遠觀、不能褻玩」。Octavo數位版的替代作用，因此益發重要。它們宛如賦予古董書新生命，讓更多普羅大眾領略其形體與內容之美。高科技與古文明的巧妙結合，在此又得到了另一個明証。（初稿發表於2001年4月）

高科技古董書相關網站

Octavo Corporation
網址：www.octavo.com

Project Gutenberg
網址：www.gutenberg.net

文字記錄了人類的文明，從最久遠的龜甲、青銅、石頭、泥塊、竹簡、縑帛、紙張，一直到現在的CD片，承載文字的容器隨著時代而不斷演變，我不禁好奇暗問：What's the next？

越陳越美麗的老雜誌
The Beauty of Vintage Magazines

有的舊聞讀起來，反倒像新聞；一些
早期封面或內頁，現今看來更像藝術品般精美。
時間為這些泛黃的老雜誌灑上了一層金粉。

美國舊金山的「雜誌店」（The Magazine）直接以販賣的主體作為店名，讓人看了一目了然。老雜誌的封面成了此店櫥窗的當然陳設品。

在一般書店裡，我們經常可以在書架上翻到三五年前出版的書籍，但是雜誌、報紙卻都只限於當期、當日的。多數的人，每隔一陣子，往往也都會將過期的報刊雜誌，當成破銅爛鐵般出清。畢竟，少有人家中有充足的空間來存放這些被認為講求時效、壽命短暫的刊物。

然而過了二三十年後，倘使再有機會重新審視當初那些原本被視為佔地方、過時了的期刊，卻可能勾撩起無限的回憶。有的舊聞讀起來，反倒像新聞；一些早期的封面圖案或內頁設計，現今看來更像藝術品般精美。時間往往為這些泛黃的老雜誌灑上了一層金粉，讓它們熠熠生輝，楚楚動人。一些古董書店，因此常順便闢有老雜誌專區。某些店，甚至乾脆就僅以此為主題。

店銷郵購一起來

走訪一些大城市，我總會發現幾家雜誌專賣店。印象最深刻的，當屬美國舊金山的「雜誌店」（The Magazine），這家店就直接以販賣的主體作為店名，讓人看了一目瞭然。此店中，除了種類繁多，各式各

某些老雜誌的封面圖案或內頁設計，現今看來像藝術品般精美。時間往往為這些泛黃的老雜誌灑上了一層金粉，讓它們熠熠生輝，楚楚動人。

舊 金山的「雜誌店」販賣數年前至上百年的陳年老雜誌、老照片與老海報等印刷品。店中收藏種類繁多，令人目不暇接。

樣的當期雜誌之外，還大量販賣從數十年到百年前的老雜誌，以及老照片、老海報等印刷品。由於我和已在那兒工作了九年的經理艾溫·史同佳特（Ivan Stormgart）相當熟識，因而得以欣賞店中許多珍貴的收藏品，更有幸在他的導引下參觀了不對外開放的地下室庫存區。

　　雜誌店擁有一些通俗的新聞、時尚、娛樂類雜誌，包括1920年以前的《國家地理雜誌》（National Geographic）、1860年的《哈潑週刊》（Harper's Weekly）、1950年前的《生活》（Life）、《時尚》（Vogue），以及因美國民俗畫家諾曼・洛克威爾（Norman Rockwell）封面插畫著稱的《星期六晚郵報》（Saturday Evening Post）等等。早期關於偵探小說、跑車、旅遊這些特定主題的老雜誌，也一併在陳售之列。

　　由於史同佳特是擁有文憑、不折不扣的正牌性學

「雜誌店」擁有相當多偏向肉慾與視覺效果的情色雜誌和圖片，另外還有1940、1950年代歌頌強壯體格、健美體魄的「塑身」（Body Building）書刊。

博士，除了雜誌之外，自己還獨立經營書籍郵購，其主題就是「性」，專門出售各種絕版的情色文學、畫冊與偏向學術探討的嚴肅性學書籍。他對性、對人體向來抱持開放態度，雜誌店因此還擁有相當多偏向肉慾與視覺效果的情色雜誌，以及1940、1950年代歌頌強壯體格、健美體魄的「塑身」（body building）書刊。

怎麼買？誰在買？

每次來到這家店，我總有一種美不勝收的感覺。

可惜截至目前為止，他們還沒有架設網站，無法讓人一窺究竟。不過，有心人士卻也不必搥胸頓足，因為有幾家類似的專賣店，早已率先在網路上做起生意了。

美國賓州的Crinkley Bottom Books，便在其網站中，一一列出了每份老雜誌與舊報紙的出版日期、重點主題、品相與價位。可惜的是，只有文字描述，而看不到個別的封面圖案；紐約市的Gallagher Paper Collectibles則選擇一些廣受歡迎的老雜誌在網站中販賣，每種都有封面顯示，偏偏卻沒有列出價位與重點主題；另一家位於英國，已有六家連鎖店的「陳年雜誌公司」（Vintage Magazine Company），總共存有二十五萬份老雜誌、十萬份舊報紙、五萬張沖印底片，外加眾多的電影、音樂海報等，不過，除了某些海報列出價位與圖片外，多數雜誌只列有出刊日期。由於一般雜誌店的收藏種類繁多、單價低廉，當然不可能期待店家對每本雜誌都詳加介紹，不過，只要有興趣，寫封e-mail去詢問，他們多半都會熱心回覆的。

除了收藏家及喜歡把美麗封面裱框製作成裝飾品

在2000年冬天的一個午後，我人正在舊金山的「雜誌店」，經理史同佳特興奮地對我說："Today is your lucky day!"原來店中來了位稀客——馬汀·史東（Martin Stone）。馬汀何許人也？此君為英國人，後來移居法國，歐美眾多書商咸認為他是大西洋兩岸最了不起的「書探」（book scout，泛指替書商與藏書家追蹤他們所需要的書籍的探子）。生性驕傲、眼界甚高的國際知名古董書商彼得·豪爾（Peter Howard，美國柏克萊Serendipity書店的主人）不僅與馬汀長期合作，還替他出版了一本攝影集，裡面除了有一冊由彼得·豪爾執筆的馬汀小傳外，最主要是攝影師掌鏡拍攝的22幅單張的馬汀獨照。這套裝訂、印刷講究的攝影集，限量版僅有十五冊，每冊售價高達五千美元！由此可知馬汀在古書界的地位了，也難怪艾溫一看到總是在路上跑、神出鬼沒的馬汀，就如此熱情地與他擁吻。習慣穿西裝、打領帶、頭頂小禮帽的馬汀，因其專業與奇異的人格特質，也成了不少書中故事的主角。

除 了老雜誌以外，「雜誌店」還是有一個專櫃陳列當期的雜誌，新舊併陳，也是吸引更多顧客的好方法。。

的室內設計師以外，到底老雜誌的市場何在？都是些什麼樣的人在買呢？或許有人會這麼問。

事實上，老雜誌早已成為歐美人士送禮時最佳的選擇之一。買一本五十年前的汽車雜誌給一個古董車迷，包準他喜出望外；送奧黛莉赫本迷一本1961年出版，封面印著《第凡內早餐》（*Breakfast at Tiffany's*）劇照的電影雜誌，肯定讓受者感動落淚；在朋友生日時，送一份他出生時出刊的新聞雜誌，例如《時代週刊》（*Time*）、《生活》（*Life*）等，相信他一定有興趣知道自己呱呱墜地時，這個大千世界同時發生了什麼事？一份如此別致又有格調的禮物，說不定只需五塊美金，真是物美價廉。生日、聖誕節、新年送禮，其實還可以有另外一種選擇！（初稿發表於2000年12月）

老雜誌相關網站

The Magazine
地址：920 Larkin Street, San Francisco CA 94109
電話：415-441-7737

Vintage Magazine Company
網址：www.vinmag.com/

Gallagher Paper Collectibles
網址：www.vintagemagazines.com/

Crinkley Bottom Books
網址：www.pastpaper.com/

「雜誌店」一樓的店面看起來或許不怎麼大，但是地下室的庫存空間卻很驚人。一本本上了年紀的老雜誌安靜地躺在角鋼裝訂的書架上，等待有緣人將它們帶回家。

藏書之樂
The Joy of Book Collecting

一本書的生命不僅取決於文字所散發出的能量與魅力，還有
形體所承載的歷史感與美感，如此浪漫、懷舊的情懷，
如何能用理性去解釋呢？

「在座有沒有人留心最近史蒂芬·金的電子書？」2000年夏天我在舊金山和幾位美國誠孚眾望的古董書商聚餐時，席間溫鐸先生瞇著眼睛輕聲這麼問。前一陣子驚悚作家史蒂芬·金因為在網路上出版電子書《子彈列車》（*Riding the Bullet*）、《植物》（*The Plant*）而引發熱烈討論。幾位老先生卻對這問題無動於衷，手持著刀叉、搖搖頭，繼續享受眼前佳餚。生性幽默的葛雷瑟先生將杯中紅酒一飲而盡，促狹地說道：「電子書該怎麼評斷第一版（first editions）？難不成得看什麼時間下載嗎？」眾人頓時笑成一氣，話題很快就轉向他們新近又經手了些什麼好書。

人生一大樂事，莫過於能和一些有經驗、又有熱誠的古董書商們共聚一堂，聽他們意興飛揚地大談買書、賣書、藏書的趣聞。我有幸結識美國舊金山幾位一流的古董書商，不時得以分享他們的甘苦，並從中獲取書的相關知識。

形體重於內容

　　對於古董書商、藏書家而言，他們所感興趣的不僅是書的內容，書的形體有時更為重要。以數位化方式儲存的電子書絕對難以挑起他們的激情，紙本書還是他們關注的焦點。當然啦，如果能擁有中世紀的羊皮卷、手抄本或古埃及的紙草書就更好了！只不過這些更早期的稀有書，大都已永久存藏於各大圖書館或博物館裡，極少在市面流通。對於傳統實體書的執著，自然很容易被理解，畢竟人類已經習慣它們千百年了。然而，西方書商與藏書家對紙本書的某些癡迷

　　歐美在攝影技術發達前，出現了不少對動植物細膩描繪及描寫的圖文書，圖片往往是版畫或手工畫，其中又以鳥類為最普遍、最受歡迎的主題。鳥類畫家往往以動物的實際大小來作畫，書籍並以巨幅尺寸呈現。這些栩栩如生、色彩瑰麗的圖像往往成了藏書家的最愛。

衣的作用，原是避免書籍封面在販售過程受到污損，以保護功能為導向，多半沒有什麼設計。它們的壽命在讀者收到書後，往往就結束了。然而，1920年代之後，書衣在西方出版界變得普遍且具裝飾性，上面多半還附有作者簡介、照片及書介、書評的精彩片段。原本微不足道的書衣最後卻演變成吸引讀者目光的焦點，並被視為書籍不可或缺的一部分。圖中所示的典雅書衣複製圖像，來自海明威於1926年出（初）版的第一本長篇小說《旭日東昇》。2001年11月倫敦「蘇富比」拍賣會上，一本有著書衣的首版《旭日東昇》，最後成交價為22100英鎊（約台幣113萬元）。

與講究，卻讓很多局外人覺得不可思議。

比方葛雷瑟先生所提的「第一版」，總是被特別強調，往往比第二版或第三版更珍貴。一本傑克·倫敦於1903年首印出版的的成名作《野性的呼喚》（*The Call of the Wild*），價位可以高達一萬五千美元，次年第五版的價格卻驟降到一百美元左右。1960年以後的較新版本，在古書市場則多如過江之鯽，以五美元的低廉價位買到手，絕非難事。這幾個版本內容明明都相同，何以價錢竟有天壤之別？

插圖本、簽名本、題贈本

對於不少書癡（特別是收藏家）而言，一本書的第一版（多半指的還得是第一版第一刷）象徵了它問世時最原始的樣貌，這通常也是作者最在意的一版。握有這麼一本書，許多讀者覺得可以更為接近作者。這種心態也促使很多人更進一步收藏書籍出版前的校樣、打字稿、手稿等。從這些文稿中，有時的確可以察覺作家的創作軌跡。如今多數人以電腦寫作，文章的初稿轉變為定稿的過程已無法辨識。這對書商與藏書家來說，一則以喜，一則以憂，憂的是手稿愈來愈難尋，喜的是他們手中既有的收藏愈顯珍貴。

在藏書的世界，老版本固然好，但是如果新版本增添了重要的元素，一樣也可能博得愛書人青睞。例如1930年芝加哥湖畔出版社（Chicago Lakeside Press）出版的梅爾維爾（Herman Melville）名著《白鯨記》（*Moby Dick*），雖然距1851年首度問市已近八十年了，卻由於新版本是由美國當代傑出藝術家洛克威爾‧肯特（Rockwell Kent）設計版面，並特別創作了近三百幅的木刻版畫作為插圖，且僅限印一千套，所以也成了梅爾維爾迷與肯特迷爭相收藏的珍品。現今在古書市場，這一套三冊的精裝本書，索價要超過一萬美金。

此外，一本書的歸屬若有淵源或典故，例如書扉上有作者本人的簽名、題贈、注釋、藏書票，或曾經為某位名人所擁有者，就算它不是第一版、書況不佳，也可能身價百倍，令人垂涎三尺。1906年一本重印的《野性的呼喚》，雖然裝訂鬆散、封面老舊、內頁還有諸多污漬，但因為內有傑克‧倫敦書寫給朋友的短句與簽名，定價為美金七百五十元。這本書若是少了他的筆跡，我想書商大概會棄如敝屣，更沒膽子標上這個價碼。

《紅字》（*The Scarlet Letter*）一書的作者霍桑

這是1937年托爾金（J.R.R. Tolkien）於英國出（初）版的作品《魔戒前傳－哈比人歷險記》（*The Hobbit*）的書衣複製圖像，封面、封底的藍綠黑白四色插畫由作者親手繪製。倫敦蘇富比於2001年12月13日拍賣一本有著原始書衣的初版本，成交價為2萬8千6百80英鎊（約台幣146萬元）。2003年7月10日拍賣另一本，書衣保存狀況比前一本差，但是成交價卻高達4萬8千英鎊（約台幣288萬元），主要是因為書中扉頁有著托爾金給他至親阿姨的題獻。

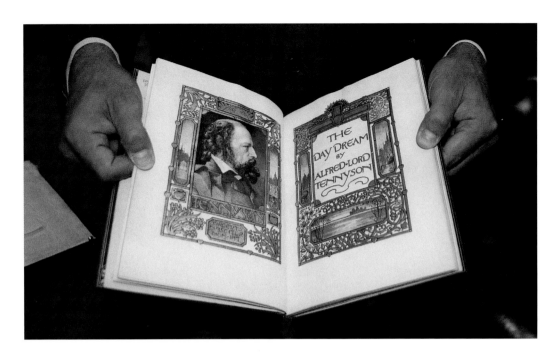

對於大多數藏書家而言，書的外在美與內在美都同等重要。這一本裝飾性極強的彩繪書，是專門為英國桂冠詩人丁尼生（Alfred Lord Tennyson）的著名詩篇〈白日夢〉（Day Dream）所設計的。

（Nathaniel Hawthorne）手邊曾有一本梅爾維爾致贈的《白鯨記》，裡面有他的親筆簽名，並表達他對霍桑才華的敬意。眾所皆知的，兩人曾經發展出極佳的友誼。文學史家也認為《白鯨記》曾受到霍桑相當的影響。這本與兩大文豪產生親密關聯的書，一度輾轉流入紐約一家書店，被不識貨（或不小心）的店員以幾美元賤賣給一位來訪的英國作家約翰‧郡可瓦特（John Drinkwater）。

當郡可瓦特在倫敦寓所與20世紀初最具影響力的美國書商羅森巴哈（A. S. W. Rosenbach）閒聊談到自己這一斬獲後，羅森巴哈開始坐立不安，他實在太想佔有這本書了。於是開出二十倍的價格，對方居然答應割愛，著實讓他喜出望外。羅森巴哈曾在《書與競標者》（*Books and Bidders*）一書中鮮活地描述這段軼事。我每次翻閱到此時，總能想像當時他眼睛發光、心跳加速，對那本《白鯨記》產生無限飢渴的模樣——特別是我所捧讀的這本書，也有他六十

本書的收藏價值往往還取決於其裝訂。西方書籍的裝訂可以非常講究，書架上這些精裝本的封面材質為上色、打磨後的羊皮或牛皮，其上還鑲嵌不同顏色的圖案，或是壓上金色的紋飾，這些過程全得經由手藝精良的工匠來執行。

年前以鋼筆題贈給友人的祝福語。

同一本書中，羅森巴哈還提到經手過的另一精品。那是19世紀初英國浪漫派詩人雪萊（Percy Bysshe Shelley）送給未來妻子瑪莉·雪萊（Mary Shelley）的詩作《仙后麥布》（Queen Mab），他在書裡用鉛筆寫著親暱的字句：「你瞧，瑪莉，我一直都沒忘記你。」書中它處又可見到瑪莉寫著：「這本書對我而言是神聖的，其他人都不准翻閱。我可以在裡面恣意隨筆，但是我該寫什麼呢？我對作者的愛超越任何文字傳達的力量，而我又與他是分離的。憑著至親與唯一的愛，我們已互相許諾，就算我不會是你的，我也永不會是別人的。」

由於雪萊已婚，兩人戀情不容於社會，結果一起私奔到義大利。瑪莉當時未滿十七歲，而雪萊也不到二十二歲。後來兩人結婚，瑪莉寫出曠世名著《科學怪人》（Frankenstein）。羅森巴哈第一次觸摸這本有著兩位文壇金童玉女字跡的詩集時，激動得全身顫慄不已。凡是文學的愛好者，誰不會有相同的反應呢？1914年時，他以一萬兩千五百美元賣出這本詩集。

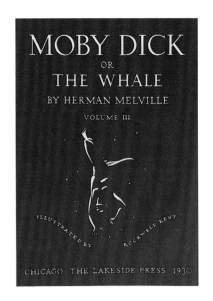

插畫往往可以賦予舊書新生命。美國著名藝術家洛克威爾‧肯特於1930年為新版《白鯨記》所創作的逾三百幅木刻版畫插圖即是一例,由於肯特刀法乾淨俐落,線條細膩生動,早富盛名,遂讓梅爾維爾的這部經典作品價值更顯珍貴,這一版本,日後也成為眾多書迷競相蒐羅的珍品了。

書衣之愛

一本書是否有市場價值,除了取決於前述因素外,有一項最讓許多人覺得荒謬至極的,就是纏繞在書身外的一長條紙張,俗稱「書衣」或「防塵護套」。西方史上最早有書衣的記載始於1832年的英國。這張紙的作用,原是為了避免書籍封面在販售過程受到污損,以保護功能為導向,多半沒有什麼設計。它們的壽命在讀者收到書後,往往就結束了。很多書根本一開始就不附帶這玩意兒。然而,1920年代之後,書衣變得普遍且具裝飾性,上面多半還附上

Courtesy of Pacific Book Auction Galleries

美國作家史坦貝克初出道時默默無聞，1929年，好不容易出版第一本小說《金杯》時，母親拿著他的簽名本送給鄰居，人家收都不想收，原因是內容有髒字。1962年他獲得諾貝爾文學獎後，這本只印了1537本的小說，卻成了人人渴求的珍本了。

作者簡介、照片及書介、書評的精彩片段。原本微不足道的書衣最後卻演變成吸引讀者目光的焦點，並被視為書籍不可或缺的一部分。

　　一本值得收藏的書是否含書衣？價格往往可以差到幾倍，甚至幾十倍。諾貝爾文學獎得主約翰‧史坦貝克1929年出版的第一本小說《金杯》（*Cup of Gold*）時，還是個默默無名的作家，出版社第一版只發行了一千五百三十七本。這個版次的書現在可是奇貨可居，即使沒有書衣，至少也要六百美元才買得到。但若是加了書衣，卻值一萬美元。很多收藏家在拍賣場經常為了一本書搶得你死我活，倒不是因為他

西方有些人專愛收藏這類比拇指還短的袖珍迷你書（miniature book），甚至還成立俱樂部。這些迷你書確確實實有文字或圖像，只不過視力不佳者，恐怕得用放大鏡才行。

們書房中沒這本書，而是因為拍賣的書有著他們所欠缺的那一張書衣！

書況、書況、書況！

西方人在買賣房地產時經常掛在嘴邊的是：「location, location, location！」（地點、地點、地點！），表示房子的主要價值在於地點。藏書界也有一句口頭禪：「condition, condition, condition！」（書況、書況、書況！），指的是書籍保存的狀況當力求完好。一本書除非曾經擁有輝煌的歸屬歷史，否則缺頁、摺角、泛黃、褪色、污漬、凹痕之類的瑕疵愈少愈好。當然，這些要求同樣也加諸於外層的書衣。很多人以為書籍的價值在於內容，這種對書籍表相幾近吹毛求疵的行徑，純屬本末倒置的做法。但是，對於多數的藏書家而言，書的外在美與內在美同等重要。面對一本包裝

精美的三流小說和一本破破爛爛的世界名著，他們同樣都興趣缺缺。

印刷術發達後，雖然使得機器複製的書不再像早期手抄本般珍貴，但同一批書在歷經數十年、數百年後，卻因擁有者的身分、使用習性與所處時空變動，而讓它們呈現不同的樣態。對於藏書家而言，一本書的生命不僅取決於文字所散發出的能量與魅力，還有形體所承載的歷史感與美感，如此浪漫、懷舊的感性情懷，正如羅森巴哈所言，如何能用理性去解釋呢？

在我看來，蒐書和求偶有諸多類似處。想找到一本極品書籍，就像要覓得一位外貌俊美、內涵豐富、還得系出名門的對象般困難。不過正如「情人眼裡出西施」的道理一般，每個書商與收藏者的方向、品味和判斷力都不盡相同，這也使得大家都能在藏書的天地自得其樂、樂無窮了！（初稿發表於2001年1月）

藏 書貴在能有主題、有品味、有創意。對我而言，收藏書籍既非為了保值、也非為了炫耀，不過是因為喜歡，也為了記憶尋書、買書過程中的生活片段。藏書不必花大錢，有限的金錢一樣可以玩得開心。例如我特別喜歡20世紀初創立於巴黎的「莎士比亞書店」、喜歡書店主人絲維雅・畢奇（Sylvia Beach）、喜歡她勇敢出版喬哀思的《尤利西斯》、喜歡後人爭相使用「莎士比亞書店」名號的景況，因此我收藏了不少與這書店及店主人相關的書。我最愛的一本是最上方的《尤利西斯在巴黎》，這本只有24頁的小冊，內容抽自絲維雅・畢奇的傳記。在1956年傳記出版前，私下印來作為作者與出版社朋友的新年賀禮。

黑膠唱片與書
Spoken Word & Vintage Record

我早已將電唱機淘汰掉了，書房中卻依然存留
成疊黑膠唱片。看到它們，總讓我想起少年時，
一邊播放喜愛的音樂，一邊閱讀世界名著的愉悅時光。

在走訪西方二手書店與古董書店的過程中，我經常發現某些店中，都會擺著為數不少的二手黑膠唱片。這些唱片，嚴格說起來，其實該稱之為「讀片」。因為其內容並非以音樂或歌唱為主，而是人聲誦讀的文學作品，例如詩集、小說、散文或戲劇等。這類型唱片被名之為「Spoken Word」，在唱片史與文學史上，其源起都是一則傳奇。

傳奇的開端

1952年1月，兩位才剛從紐約市杭特學院畢業，年僅二十出頭的年輕女孩瑪莉安・露妮（Marianne Roney）與芭芭拉・寇漢（Barbara Cohen）在上東城九十二街一個詩集中心裡，聽到威爾斯詩人狄倫・湯瑪斯（Dylan Thomas）朗誦自己的作品後，深深被他特殊的聲音與創造出的氛圍所吸引。於是，她們向後台遞了張字條，表明有意與詩人洽談生意，希望能有幸錄製他的詩歌朗讀。當時，兩位小女生並未在字條上簽署全名，而只簽了姓

1952年初，兩位才剛從紐約市杭特學院畢業的年輕女孩創辦了「開德蒙唱片公司」，成為第一家以出版Spoken Word為主的商業唱片公司，並且創造了唱片史與文學史上的傳奇。

名的第一個字母。主要擔心的是：
因為她們的女性身分而無法被嚴肅看待，畢竟那可是
半世紀以前的保守年代。

　　一個星期之後，露妮與寇漢在文人雅士慣常聚集
的雀兒喜旅館（Chelsea Hotel），以五百美元外加百
分之十版稅的條件，說服了詩人替她們錄音。接下第
一筆交易後，兩人才趕緊替新公司命名為「開德蒙唱
片公司」（Caedmon Records，Caedmon是指第7世紀時
第一位使用英文而不是拉丁文寫詩的英國詩人St.
Caedmon）。

　　同年2月22日下午，酗酒成性、經常酩酊大醉的
狄倫，在極少有的清醒狀態下，以他迷人的聲音為開
德蒙錄下了精彩的《一個孩童在威爾斯的聖誕節及五

　　某些Spoken
Word系列的
唱片封套極具美感，
例如「開德蒙唱片公
司」就以米羅的畫搭
配喬哀思名作《尤利
西斯》（Ulysses）。
不少人專門收藏唱片
的封套，甚至將它們
裝裱起來，當作藝術
品般陳列。

詩歌朗誦唱片濫觴於狄倫·湯瑪斯，他酗酒成性，極少清醒，卻擁有一副迷人嗓音。原本無心插柳的一件事，竟開出了一株搖錢樹。這張唱片灌錄的十首詩中，除了第一首詩為狄倫的創作外，其餘九首是他朗讀他人的作品，包括奧登（W. H. Auden）、艾略特、哈代及一些迪倫個人喜愛的詩人。唱片封套上的木刻版畫傳神地表達出狄倫的神態，由知名版畫家Antonio Frasconi特別製作。

首詩》（*A Child's Christmas in Wales and Five Poems*）。這張四十五分鐘的故事與詩篇朗誦唱片，是雙方首次錄音成果。狄倫也因此成為引領Spoken Word的祖師爺，並風靡了成千上萬原本不認識他作品的讀者與聽眾。開德蒙更成了第一家以出版Spoken Word為主的商業唱片公司。

此後，田納西·威廉斯、T. S.艾略特，e. e. 康明斯、海明威、亞瑟·米勒等赫赫知名的文學家，都相繼「獻聲」於開德蒙。將他們的文字作品以自己的原音呈現。國際巨星李察·波頓（Richard Burton，著名莎翁舞台劇暨電影演員，與女星伊莉莎白·泰勒兩度結婚又離婚）則為十七世紀英國詩人約翰·鄧（John Donne）及十九世紀湯瑪斯·哈代（Thomas Hardy）的詩作發聲。如此看來，現今錄製成卡帶的所謂有聲書，其實該算是後生晚輩了。

「鄉村音樂」之愛

能親耳聽到自己喜愛的文學作品經由作者本人詮釋，自是另一番享受。雖然不少錄音已轉成卡帶或CD，但我對黑膠唱片依然保有高度興致。每次到二手唱片行，都會查看是否有Spoken Word的專區？在這個過程之中，竟也擴展了我對唱片的認知，且結識了好些發燒友。2002年夏天，當我拜訪過位於舊金山灣區北方密爾谷（Mill Valley）的一家二手唱片後，更是讓我驚覺到，收藏黑膠唱片者與藏書者的行為及心態，竟然有許多相似之處。

密爾谷是距離舊金山不到十五分鐘車程的一個富裕小鎮。這裡最吸引我的是設計精巧的圖書館，裡面有巨型壁爐，室外有露天陽台，透過落地窗還可以看到穿流而過的小溪；另一個吸引我的地方，則是那家

「鄉村音樂」位於舊金山灣區小鎮，門面素樸，與美國常見商店並無太大差別，卻由於店主人別出心裁的經營與蒐羅二手黑膠唱片，吸引了來自各地的顧客，包括搖滾、爵士、藍調歌星都曾光臨，連大導演喬治‧盧卡斯也曾慕名一遊。

專賣二手唱片的「鄉村音樂」（Village Music）。小鎮上這家「鄉村音樂」，其實威名遍及全世界，來訪的世界級知名人物，猶如天上繁星之多。搖滾巨星米克‧傑格曾趕在巡迴演唱會出發之前，乘坐黑頭大轎車神秘造訪此店；藍調之王比比金（B.B. King），某日竟然隨意地坐在該店地上翻閱唱片，並隨著店中播放的前輩爵士樂手路易斯‧喬登（Louis Jordan）的音樂搖擺哼唱。此外，民謠歌后琳達‧朗斯黛、大導演喬治‧盧卡斯、影星麥特‧狄倫乃至舊金山市長威利‧布朗等人，全都拜訪過此處。理由無他，只因店

「**數**大便是美」這句話在二手唱片行「鄉村音樂」可以得到明証。無論你是否為黑膠唱片收藏者，都會對店中50萬張唱片及絕佳的懷舊氣氛發出讚嘆。（上）

音樂知識豐富、態度卻不高傲的店主約翰・加達特是唱片行的靈魂人物。（右）

裡林林總總的唱片和懷舊的氣氛。

　　無論你是否為黑膠唱片收藏者，走進「鄉村音樂」都會讓你目瞪口呆。除了最普遍的三十三轉唱片外，還有早期只能錄製幾分鐘的七十八轉唱片與四十五轉單曲小唱片。五十萬張唱片分門別類地陳列在大約一百五十坪的店中，樑柱上面有著桃麗・芭頓等女星的

實时紙板人型，笑咪咪地向訪客拋媚眼；牆面上密密麻麻地貼著歌手、音樂家照片；天花板上還懸吊著壓有貓王、瑪莉蓮‧夢露臉孔的唱片。單單是視覺上的享受，就已讓人陶醉。這一切全是現任店主人約翰‧加達特（John Goddard）的傑作。

處處相通的收藏者之心

青少年時就開始收藏唱片的加達特，為了買唱片能打折，且能存錢買演唱會的門票，十三歲起，就在這家成立於1940年代的唱片行打工。大學畢業後不久，因為不喜歡聽命於他人，對於唱片經營也累積出個人的想法，正巧當時店主要退休，於是他在1968年收購了這家店，並且擴大經營。

五十八歲的加達特自然歷經了卡帶與CD先後成為主流的過程，但是唱片依然是他的最愛。從頭到尾，他始終固守著唱片這塊疆域。和他一樣死忠的人不在少數。有些人認為，老唱片音質比較圓潤溫暖、有人味；有些人喜愛沉浸在懷舊的氣氛中；有些錄音則是根本只保留於唱片中，不曾轉換成卡帶或CD。由於這種種的因素，使得古董唱片市場保有一定的規

壓 有貓王、瑪莉蓮‧夢露臉孔的唱片自天花板上懸掛下來，成了唱片行的最佳裝飾品

雜誌雖然只是「鄉村音樂」店中的配角,但還是有不少人專程為了此而來。

模。這和藏書的道理是相通的。即便文字與圖像能以有聲書、電子書等形式儲存,紙本書依然不失其魅力——兩三百年前出版的書和最近重印的版本,就算內容完全相同,排版、印刷等設計,多半有所變動,且書頁的觸感、氣味,也會因為歲月的變化而大不相同。

此店的分類也頗具特色。除了一般以音樂類型與歌手姓氏分類外,門口附近還有「鄉村音樂名人堂」(Village Music Hall of Fame)及「個人偏好」(Personal Favorites)兩區。前者是一些經典代表

女 歌星桃麗‧芭頓的實时紙板人型，笑咪咪地向「鄉村音樂」的訪客拋媚眼。

作，後者是加達特依自己當下的心情與喜好所圈選出來的唱片。另外一區姑且稱之為「光封面就夠了」（Sometimes a Cover Is Enough），這區特色不在於唱片是否好聽，而在於封套是否好看或怪異、設計是否令人眼睛一亮。有些人專門收藏這些唱片封套，甚至裝裱起來，當作藝術品般陳列。這也讓我聯想起一些藏書家，除了以書籍版本、內容為收藏目標之外，有些人還喜歡收藏精裝本外圍那層薄薄的書衣。

「女性音樂」（Women's Music）是店中另一個有趣的分區，其中的唱片以宣揚女性意識為主。這區

你 如果是一個百分之兩百的托爾金迷，那麼這兩張黑膠唱片應該在你的收藏之列。左邊這張《中土詩歌》，是由托爾金親自以英文及精靈語朗讀，內容取材自《魔戒》以及 The Adventures of Tom Bombadil 書中的詩歌，封套背面還附有名詩人奧登的感性簡介。右邊這張唱片《貝倫與露西安的精靈美鑽》則是由托爾金的兒子克里斯多福朗讀《精靈美鑽》(The Silmarillion)第十九章。這本書構思於1917年，其實才是真正的《魔戒》前傳，但一直到托爾金死後，克里斯多福才將其整理出書。

的成立，主要是自從1970年代起女性主義盛行之後，不少書籍與音樂也以此為主題。一些光顧唱片行的女性顧客，於是向加達特反映開闢專區。在「顧客永遠是對的」這一信念下，向來不喜歡以性別區分音樂的加達特，還是順應了民意。然而，為了公平起見，他也開闢了「男性音樂」（Men's music）區，專門放置男同性戀以及強調男性意識為主的音樂。

「鄉村音樂」當然少不了也販售音樂類的雜誌、畫報、大型海報。另外還有休閒類的雜誌如《國家地理雜誌》、《生活》雜誌及加達特所喜愛的科幻小說。其中又以1950、1960年代唱片發達時期的出版品居多。在唱片行中，這些書籍雖然只算是配角中的配角，有人卻專門來此買書，有些人則衝著海報而來。不管顧客買的是哪種商品、挑的是哪種音樂，性格十足的加達特從不批評顧客的品味，「我哪有資格論斷人家的喜好，我自己就收藏全套驚悚小說史蒂芬‧金的作品。他的書在一些人眼裡的評價也不是頂高！」

加達特的這一番話，不禁讓音樂知識不甚豐富的我大為寬心，再也不用擔心自己碰到的這位專家會如同電影《失戀排行榜》（High Fidelity）那位自視甚高的唱片行老闆及兩位神經質店員，老對品味不同或

看不順眼的顧客嗤之以鼻。我也還記得自己逛書店生涯中，偶爾也會碰到一些自命不凡、態度高傲的書商，對顧客提出的一些不怎麼高明的問題給予多方嘲弄。還好，這些人都只佔極少數。

　　不論就經營層面與收藏心態上看來，黑膠唱片與書籍都具有極高的同質性，它們更成了極佳的組合。上了大學之後，我早已將電唱機淘汰掉了。書房中卻依然存留成疊黑膠唱片，每每看到它們，總讓我聯想起少年時抱著虔誠之心，一邊播放喜愛的音樂，一邊閱讀世界名著時的愉悅時光。隱隱約約的這些記憶，大概就像有了些許刮痕的唱片，在唱針迴轉觸動下，不斷沙沙發出的朦朧樂音，儘管遙遠，卻讓人倍感溫馨。（初稿發表於2002年11月）

鄉村音樂

地址：9 E. Blithedale Ave, Mill Valley, CA 94941
電話：（415）388-7400
網址：www.villagemusic.com

除了二手唱片以外，「鄉村音樂」還有眾多數十年以前的絕版雜誌與海報。

封面故事
Cover Story

目前世界上大概有十來個人在販賣複製書衣。
其中一半的人，只是以「彩色影印」替代，
效果、品質都不佳；另一半的人，
雖然也以電腦掃描並加以修補，
但他們所提供的書衣卻都不超過一百種。
然而，馬克已經累積了超過一萬種書衣。

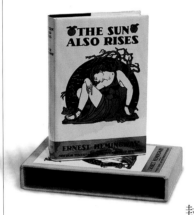

　　人要衣裝、佛要金裝。對於一本書而言，封面就像是人的衣裝、佛的金裝一樣。雖然英文裡有句名言 "Don't judge a book by it's cover"（不要以封面評斷一本書），指的是千萬別由皮相判定內容，也就是中文裡「不要以貌取人」的意思；然而，多數人逛書店選書、買書時，若非已經閱聽過書評、書介，或經由他人口耳相傳而尋找某本特定的書，則書籍封面往往就是吸引讀者的最重要元素。也難怪出版社除了絞盡腦汁想書名之外，更要千方百計找來美術編輯，企圖為書籍設計出最能奪人目光的封面。

封面的封面

　　歐美書業的出版習慣，一般都是先出精裝本

Gatsby

ironical, compas-
o unity of the curi-
he period—which
e who could live
er place. But he
rmise, as long as

ut him, some height-
ife. . . . It was an
tic readiness such as
rson and which it is

sby who came so
is sumptuous en-
r Daisy Buchanan
e lyrical beauty to
used with a sense
circumstance in a

lended of irony,

ER'S SONS

THE GREAT GATSBY $2.00

Facsimile Dust Jackets L.L.C.

OTHER BOOKS
BY
F. SCOTT FITZGERALD

NOVELS

This Side of Paradise
Fourteen Printings

The
Beautiful and Damned
Third Printing

SHORT STORIES

Flappers
and Philosophers
Sixth Printing

Tales of the Jazz Age
Third Printing

A PLAY

The Vegetable
or From President to Postman

CHARLES SCRIBNER'S SONS
FIFTH AVE. AT 48ᵗʰ ST. NEW YORK

Courtesy of Mark Terry

（hard cover），再出平裝本（paperback）。而精裝本的硬殼封面外，往往還要加上一件活動的防塵紙封套，英文名之為 "dust jacket" 或 "dust wrapper"，台灣出版業俗稱為「書衣」。這件書衣，其實可視為「封面的封面」。不少圖書館為了便於在書脊貼書號及上架，經常在進書之後，就把這件書衣給丟棄了，這些圖書館員眼中的累贅，卻成了書商們爭相收購的寶貝。因為對於挑剔「龜毛」的藏書家而言，一本書若少了書衣，就像有缺口的瓷器，收藏價值不僅大打折扣，有時甚至一文不值。

我所認識的一位舊金山書商艾倫・米克瑞特（Allan Milkerit），在因緣際會下曾收購了上千張圖書館所淘汰的書衣，有些歷史超過四五十年。艾倫最大的樂趣之一，就是為這些書衣找書，配成套之後，

文 學史上最富傳奇性的一張書衣，當屬1929年所出版，費滋傑羅名作《大亨小傳》。這張書衣，在小說完成前便已先創作出來了。由於深深喜愛圖像中所具有的爵士時代頹廢風格，費滋傑羅特別將此印象寫進了小說之中，並且要求主編培金斯「千萬別把那張書衣讓給別人！」

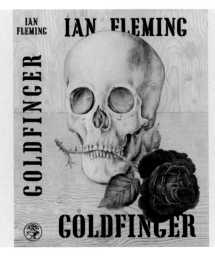

Courtesy of Mark Terry

再以高價賣出。多數藏書家則沒艾倫那麼幸運。他們所面臨的景況是，手邊有書，卻苦無書衣加蓋；有時就算有書衣，卻已面目全非。畢竟薄薄的一張紙，很容易就會脫落、毀損。除非使用者夠細心，否則書衣被妥善保存的機率真是很低，特別是上了年紀的書籍。

20世紀美國文學史上公認最著名的一張書衣，當屬費滋傑羅（F. Scott Fitzgerald）於1925年出版的經典之作《大亨小傳》（*The Great Gatsby*，英文直譯應為《偉大的蓋茨比》）。這張書衣的正面是一雙上了妝的女性眉眼，以及塗著口紅的小巧櫻唇，在一片似海洋又似天空的暗寶藍色背景襯托下，幾條細細的黑曲線宛如被風吹散的髮絲。那張沒有鼻子與輪廓的巨大臉龐，散發著某種神秘、冷漠、憂鬱又飄忽的氣息。書衣下方則是燈火通明的遊樂場，整體構圖營造出了既虛幻又寫實的風格。

千萬別把那張書衣讓給別人

根據資料顯示，費滋傑羅對於《大亨小傳》的英文書名並不滿意，但卻非常喜愛這書衣。他在書作完

Courtesy of Mark Terry

成前，其實已經看過書衣的設計（是初稿或定稿並無定論），並將其中的意象轉換成書中文字。他曾經在1924年，也就是出書前一年，寫給史奎博納出版社（Charles Scribner's Sons）編輯麥斯威爾·培金斯（Maxwell Perkins）的一封信上焦慮地表示：「看在老天的份上，你千萬別把那張替我保留的書衣讓給別人，我可是已經把它寫進這本書中了！」至於費滋傑羅將它寫進何處？這圖像所指，到底是書中提到的一個畫有巨型眼睛的廢棄看板，或是第四章後段裡所描繪的漂浮的女人面孔？一直是文學史家爭議的話題。

　　這張設計搶眼的書衣雖然頗得作者歡心，卻被海明威奚落一番。認為它俗麗、沒格調，讓人很不舒服，所以閱讀前就先把書衣扯掉了。海明威晚年在回憶錄《流動的饗宴》（A Moveable Feast）一書中曾提到這段陳年往事。他還說，費滋傑羅向他表示，原本挺喜愛那書衣，後來卻已沒什麼好感。這番話的真實性有多高不得而知，費滋傑羅可能只是客氣，也可能是順著海明威隨口說說罷了。值得一提的是，被視為「失落的一代」最佳代言人的這兩位，於1925年相識於巴黎，當時費滋傑羅已是頗具知名度的作家，

　　由於同名電影《魔戒》（The Lord of the Rings）的賣座，托爾金的作品也跟著熱銷起來。這個書衣複製圖像來自1955年英國版的《魔戒3：王者再臨》（The Return of the King）。加州一位書商在網路上單賣原版書衣（不賣書），標價為550美元。

馬克因為愛讀而蒐集偵探小說，因為追求收藏品的完整，而走上複製書衣這一途，由於電腦科技的發達，天時地利人和都有了，使得他由業餘走向職業，成了世界上少數的「書衣複製人」之一。這一工作，滿足了自己，也造福了同好，寓工作於娛樂之中，在沒有比這更過癮且愉快的了！

海明威卻還是個剛初道的窮小子，正在撰寫第一本長篇小說，也是日後的成名作《旭日東昇》（*The Sun Also Rises*）。後來，費滋傑羅還推薦海明威給編輯培金斯，因此《旭日東昇》和《大亨小傳》的編輯與出版社完全一樣，兩本書的書衣則由不同的人設計，所以風格大異其趣。《旭日東昇》的圖案較為古典素樸（請參閱第30頁），想必海明威曾向出版社表達過他的看法。

《大亨小傳》與《旭日東昇》精裝本第一版第一刷（first edition, first printing），堪稱是藏書家眼中的「黑色鬱金香」，更是眾所垂涎的目標。這個版本若是缺了書衣而書況尚佳，在現今古董書界的行情，一冊各可達三千五百美元左右。然而若穿有一件原始書衣，則價格將立刻飆漲數十倍。2002年10月，紐約佳士得一次珍本書拍賣會上，就曾以十六萬三千五百美元的天價賣出這麼一本《大亨小傳》。換言之，單是那張薄薄的書衣就值十六萬美元。至於穿著書衣的《旭日東昇》，價值雖然不如前者，但在2001年11月倫敦蘇富比拍賣會上，還是賣到了二萬二千一百英鎊（約三萬五千美元）。西方古書界這種「書衣主導書價」的奇特藏書現象，大概是台灣讀者所完全無法想像的吧。

為書做衣服的人

對於多數的平民藏書家來說，別說是上萬美元的書衣，就算是數千、數百美元也難以負擔。不過，眼睜睜看著一本書少了書衣，實在令人扼腕嘆息。舊金山市的馬克・泰立（Mark Terry）所提供的一項服務，讓這些藏書家的「書衣情結」得到了某種程度的紓解。

我之所以知道馬克這個人，主要是一兩年前在「瓦哈拉書店」（Valhalla Books）廝混時，看到書架上擺著些海明威、史坦貝克的首版書，而且書衣完好。更令人驚訝的是，價錢居然只要一百美元之譜。這簡直令人不可思議！這類書動輒數千、數萬美元，而且一定被鎖在櫥窗中展示，瓦哈拉怎麼就把這些珍貴的書隨意擺在開放書架上呢？更奇怪的是，書價怎會如此低廉？

店主喬·馬奇昂（Joe Marchione）向我解釋，我看到的書確是首版，只不過外披的書衣是複製品。這些幾可亂真的書衣都是馬克·泰立的傑作。馬克有間工作室，專門複製、銷售絕版書衣。喬說著說著，還隨手掏出一疊目錄，上面列有上千種馬克所能提供的書衣。與書相關的行業，我大概都知曉，專以「複製書衣」為業，卻是我頭一遭聽到。於是當我知道喬與馬克是朋友，而且他的工作室就在舊金山後，我立刻央求喬替我安排會面。

在一個清冷的冬日上午，我來到馬克位於金門公園南方的住家兼工作室，受到他熱情的招待。在接下來的幾個小時裡，我愉悅地進入了一個對書有特殊癖好者的世界。

庇盡天下舊書盡歡顏

原本在印刷公司電腦排版部門任職的馬克，自小就是個偵探小說迷。大約十年前起，他開始認真收藏絕版偵探小說，偏偏他也有書衣情結，而且愛死了書衣上的設計圖案。由於預算有限，他發現自己根本無力購買某些穿有書衣的書，幸好收藏舊書的過程中，他結識了一些收藏豐富的書商及藏書家。他們慷慨地讓馬克利用公司的掃描器與印表機複製他所欠缺的書

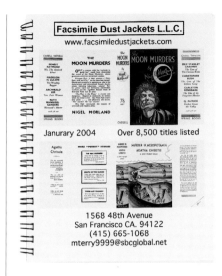

馬克將書衣複製變成一項專門的行業，他2004年1月的目錄裡，共有八千五百種書衣，這個數字不斷在增加中。2004年夏天我和他碰面，他說資料庫內的書衣數量已經累積到一萬種了。

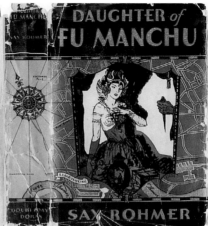

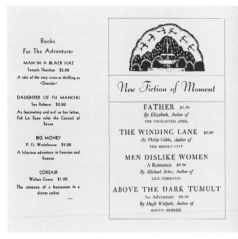

這兩張書衣可說是「整容前、整容後」的最佳寫照。上圖的書衣由於年代久遠，加上使用不當，產生了褪色、泛黃、污漬、破損、皺摺的慘況。下圖是經由馬克巧手在電腦上修復後的漂亮成果。

衣。許多書衣由於年代久遠，加上使用不當而產生褪色、泛黃、污漬、破損、皺摺，深諳電腦功能的馬克在螢幕上看到這些畫面之後，手指竟情不自禁地在鍵盤上敲打起來，針對有瑕疵的地方，一一加以修飾，好回復書衣原有的樣貌。

馬克將其成果穿到缺衣的書本上之後，心中油然浮出一股滿足感。不久之後，這個修復書衣的作法，得到美國東岸麻州「黑與白書店」（Black and White Books）一位古董書商的讚賞，兩人乃於1998年開始合作。馬克買齊了電腦設備，利用正業之餘，在家開始了他的書衣副業，書商則替他經銷電腦修復後的

這個書衣複製的案例更可以看出馬克的功力。有位顧客將兩張殘缺不全的書衣（上圖與中圖）寄給馬克，希望他能將書衣原形再現，而馬克的成品（下圖）也確實沒讓顧客失望。

複製品。2001年，馬克任職的印刷公司改組，他因不喜歡被調到新部門，決定離開已工作二十年之久的出版業，專職電腦修圖和複製絕版書衣，並且架設了獨立網站，販售這些書衣。

據馬克所知，目前世界上大概有十來個人在販賣複製書衣。其中一半的人，只是以「彩色影印」替代，效果、品質都不佳；另一半的人，雖然也以電腦掃描並加以修補，但他們所提供的書衣卻都不超過一百種。然而，馬克已經累積了高達一萬種書衣，種類從他最喜歡的偵探小說延伸到文學、科幻、羅曼史等等類型小說。這些原始書衣幾乎都是1950年代以前的產物，圖像已屬於公共財產，複製起來，並不會發

方愛書人總是對一本書的首印版情有獨鍾，但要想擁有絕版書，卻不是一件易事，就算在古書店或拍賣場看到，也不見得是一般人的財力所能負擔得起的。有幾家小型出版社為了滿足愛書人，於是針對一些名著而出版覆刻本，從書裡到書外，完全比照首印版本的原始樣貌複製。但隨書所附的書盒卻是原版所未有者。圖中的兩本書，就是由名為「首印版圖書館」（The First Edition Library）的出版社所製作。其中一本為史坦貝克的《伊甸園之東》，另一本為海明威的《戰地鐘聲》。

生侵權問題。有些藏書家，花了數十年時間，始終找不到某張書衣，最後卻在馬克這裡找到幾可亂真的替代品，簡直令他們熱淚盈眶。有些人甚至激動地對馬克說：「真想親吻你的雙腳！」

2003年聖誕節前夕馬克接到的一個特別訂單，是一位顧客要求購買數張 *Death Out of Thin Hair* 的首版書衣，這本偵探小說是由已故作家克雷騰‧洛森（Clayton Rawson）用筆名史都華‧湯（Stuart Towne）於1941年發表及出版。書衣背面所附的照片是一位魔術師從禮帽中變出一隻兔子的趣味構圖。作者洛森不僅以魔術師作為他小說中的主人翁，在現實生活中他確實也是位魔術師。封底照片中，那位被帽子遮去顏面的魔術師正是他本人。不過洛森最知名的，可能還是替不少名著設計封面——我最喜歡的是他替阿嘉莎‧克莉絲蒂美國版的《東方快車謀殺案》（*Murder in the Calais Coach*，英國版原書名為 *Murder on the Orient Express*）所設計的那張封

Courtesy of Mark Terry

面。所以，洛森當然是自己著作的美術設計了。向馬克訂購書衣的顧客原來是洛森的兒子，小洛森希望將這張別具意義的書衣當作聖誕禮物致贈給親朋好友。

擋不住的複製風潮

然而，並非所有的書商與愛書人都是以正面態度看待馬克的作為，有些人認為他該被千刀萬剮。理由之一是，他的書衣有魚目混珠之嫌，會讓人誤以為真，甚至讓不肖書商趁機欺騙無知顧客，而獲得暴利。這項指控其實非常薄弱，原因是，馬克在這些書衣的封面摺口上都註明「複製書衣」（facsimile dust jacket）的明顯字樣，所以不可能引起誤會。

有些書商則以為，馬克的廉價複製書衣可能會讓顧客再也不願意出高價購買擁有原始書衣的書籍了。馬克對此頗不以為然。他舉自己為例，即使坐擁數千張複製書衣，對於原始書衣的欲求卻只有增沒有減。這跟複製畫再怎麼逼真，收藏者若財力足夠，還是會想買一幅原畫的道理是相同的。更何況，這些複製書衣讓一些原本「缺衣」的書，頓時賣相大增，其實也替書商創造了不少商機。

美國偵探小說家彼得・杭特（Peter Hunt）於1934年出版的小說《裸體者之間的謀殺案》（Murder among the Nudists），有一張相當搶眼的封面，畫面上是一群赤身裸體的男女在原野中歡舞。這幅裸露圖像並非繪畫，而是來自真實的攝影照片。如此的封面在今日看來都頗為前衛，更別說是在半世紀以前了，或許這和出版社的名號「先鋒出版社」（The Vanguard Press）有關吧！

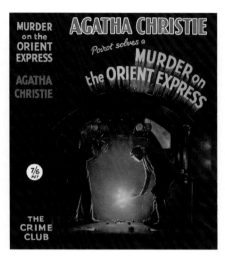

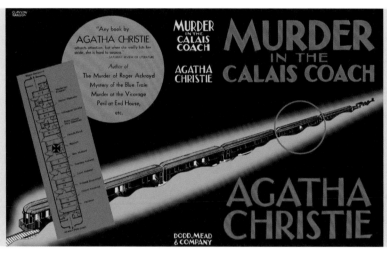

英國偵探小說家阿嘉莎‧克莉絲蒂的作品《東方快車謀殺案》的英國版書名為 Murder on the Orient Express，但美國版的書名卻改成了 Murder in the Calais Coach。雖然英、美使用一樣的語言，但是品味、習性卻不同，除了書名可能相異之外，封面也往往各自設計，這兩張封面你喜歡哪張？

另外，也有些小心眼的藏書家認為，若是複製書衣唾手可得，那麼，他們辛辛苦苦找來的原始書衣就變得沒那麼稀奇，分身將會降低了本尊的價值。這種想法其實也很幼稚，如今滿街都看得到梵谷的「鳶尾花」複製畫，可這根本一點無損原畫的價值。更何況在高科技發達的今天，要想防堵複製，簡直就像螳臂擋車般可笑。不過這種「只准我有，別人不能有」的小氣心態，大概是一般收藏家所共有的，頗可理解。

書衣複製這一行，要做到像馬克的規模，其實並不容易。首先得上窮碧落下黃泉，四處打探何處有罕

STUART TOWNE

The elusive and mysterious Mr. Towne, the author of *Death Out of Thin Air*, is no newcomer in the field of mystery fiction. He is the author (under another name) of a distinguished list of best-selling bafflers.

見的書衣？然後得冒著吃閉門羹的風險，徵求書衣主人同意掃描，接著是在電腦上修復書衣。有時書衣上的圖像、字跡模糊，甚至到了殘破不堪的地步，馬克還得想法子細心修整回原狀。這整個過程極為耗時，宛如是個高難度的整容手術。而每張複製好的書衣，馬克卻僅索價二十美元，這種投資報酬率，實在不算高。但由於能將電腦技術與對書的熱愛結為一體，他依然樂在其中。特別是馬克因此有機會接觸到許多夢寐以求的書籍與書衣，並和藏書主人結為好友，這讓愛書的他大呼過癮，再沒比這更愉快的工作了！

　　然而，馬克最大的成就感，還是來自於為絕版書書衣建立起龐大的資料庫，讓有興趣的愛書人分享他的成果。一張薄薄的書衣，因為原設計者的巧妙創意而隆重誕生，但光鮮亮麗的外貌畢竟不敵歲月的摧殘，早晚都會受到損傷，馬克‧泰立貼心的複製服務，讓這些書衣的生命得以無限延續。這，確實是功德一件！（初稿發表於2003年6月）

馬克‧泰立書衣複製
地址：1568 48th Avenue, San Francisco, CA 94122
電話：415-665-1068
網址：www.facsimiledustjackets.com

我所喜歡的美國版《東方快車謀殺案》書衣，由克雷騰‧洛森設計。此人多才多藝，不但能設計封面、寫小說，還會變魔術。1941年他寫過一本推理小說 *Death Out of Thin Hair*，有著魔術師及大都會高樓造型的紅藍黑三色封面十分顯眼，封底照面正從帽子中變出兔子來的魔術師，正是他本人粉墨登場的傑作。

書癡吃書
International Edible Book Festival

人類與書的關係，更擴及到味覺的接觸。我們可以
用味蕾來品嚐它們的酸甜苦辣鹹。一本書在如此情境下消逝，
不僅不是一首悲傷的輓歌，反而成了一則美麗的回憶。

書籍作為藝術創作的題材與媒介，可以產生諸多的可能性。其造型不僅具備審美功能，也可反映出創作者的政治或社會意識。這本以鐵釘刺穿、繩索綑綁、無法翻閱的書被名之為「禁書」，是藝術家Barton Lidice Benes的傑作。

一本書除了在內容上可能引起我們心靈的感動外，還可能從視覺、觸覺，甚至聽覺與嗅覺這些面向讓我們驚喜。想一想，瀏覽、把玩一本中世紀印刷術發明前的彩繪燙金祈禱書，眼睛所及、手指所觸摸者，是由修道院教士一筆一畫，一絲不苟地用手抄寫、描繪於羊皮紙上的珍品。那歷經數百年依舊瑰麗的色彩、結實羊皮紙的嘶嘶翻頁聲、陳年油墨所散發的幽香氣味，的的確確牽動了我們不同的感官興味。

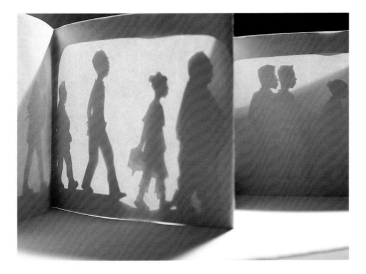

曾經在台灣暫住、現定居於紐約市的法國女藝術家Béatrice Coron，中文名為高培雅。她是一位書籍藝術家，喜歡以書籍和文字作為創作主題。上、下圖是她分別以剪紙及不鏽鋼鏤刻的方式來呈現「書」的不同概念。

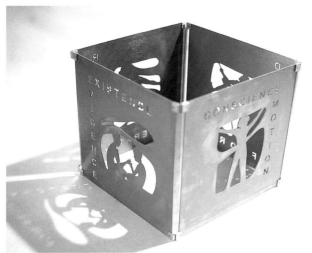

Courtesy of Béatrice Coron

書籍的感官之旅

　　大多數人雖然難以接觸到這般昂貴的古書，但是現代設計、製作的精美書籍，其實也能達到類似的效果。書籍藝術（book arts）一直是西方文化中頗重要的一環，舉凡裝訂、印刷、紙張與字體的選定，全都可以考究到極點。某些藝術家更是專門以書籍作為創作題材。他們希望自己所設計、製作出來的書籍，從造型本身即可被視為獨立的藝術品，具有審美的價值，或者透過這個媒介，反映一些社會、政治的訊

Photos by Paul R. Heydenburg

息；或者僅僅傳遞藝術家的某些意念。這些書的素材與表現形式有諸多可能性，它們通常都由手工製作或限量發行，並被通稱為「藝術家做的書」（artists' books），以別於一般大量生產，以內容為主、包裝為輔的的傳統書籍。這類藝術家做的書，明顯是以吸引人們視覺為導向，因此也就成為愛書人及藝術愛好者的收藏對象了。

甚者，若是我們將「書籍」的定義擴大到所有承載圖文的容器，那麼現今流行的電子書更是在聲光影音的輔助下，提供人類聽覺與視覺上的全新感受。

精神食糧大口大口吃

在所有的感官經驗中，味覺與書籍的形體似乎是最扯不上關係的了。我們可以用眼睛看書、用手指翻書、用耳朵聽書、用鼻子聞書，但若說要用一張嘴吃書、嚐書，那卻是難以想像的。眾所皆知，蠹魚喜愛吃書，小小一隻蟲兒可以悠遊地藏身書頁內，從封面一頁頁吃到封底，但那畢竟只是蟲兒。

人吃書、吃紙頁的情況並非沒有發生過。正如20世紀初，美國最知名的古董書商羅森巴哈所指出的，許多兒童書都曾被不懂事的小孩放入口中咬得稀巴爛，以致書況完好的首版童書格外稀有；偵探小說中也不時出現特務人員在情急之下，一口吞下書寫秘密的字條以銷毀證據的情節；在英國導演彼得‧格林那威（Peter Greenaway）那部知名的影片《廚師、大盜、他的妻子和她的情人》中，那位粗暴蠻橫的飯店老闆殺害和他妻子有染的溫文書商的殘酷手段，就是把書頁塞進他的喉嚨。這些人吃書的情境，都是在無知或被迫的狀況下發生，想來都不怎麼令人愉悅，畢竟人非書蠹！

有趣的是，無論古今中外，「書籍」與「食物」這兩個意象經常被聯想在一起。中文最常聽到的當然就是「精神食糧」、「咬文嚼字」、「啃書」、「食古不化」這些語詞，把書籍、文字比喻成為可以吃的食物。中、英文也同時都用「吸收」（assimilate, absorb）、「消化」（digest）、「狼吞虎嚥」（devour）、「咀嚼」（chew）等動詞來描述不同程度的閱讀狀態。某些西方愛書人且自擬為「吃書者」（book-eater），指的是自己讀書又多又快。不過，類比終歸是類比，除非是具有特異功能之士，否則真要把一本書當成一塊可口多汁的牛排般咀嚼下嚥，實在非一般常人所能為也。然而，近幾年國際間卻出現了一個令人側目的「吃書節」活動。

事情緣起於一位活躍於美國書籍藝術圈的創作者、收藏家兼評論家茱迪·霍夫柏格女士（Judith A. Hoffberg）。1999年感恩節時，她與三位書籍藝術家相聚，當火雞伴隨其他美食、美酒下肚之後，霍夫柏格突然心生一念，若是書也可以吃，不知這群藝術家們都會製作出什麼樣的書來？這個奇想當場引發在座人士的莫大興趣。接下來的一個月裡，霍夫柏格積極聯繫世界各地的朋友們，也得到了熱烈的迴響。她於是選定千禧年的愚人節作為首屆「國際吃書節」（International Edible Book Festival），鼓吹愛吃又愛書的個人與團體，以食材製作出與書相關的物件，在4月1日這天下午二點到四點（以每個人的時區為主），將成果公諸於網站上或特定場所，然後在四點整的下午茶時段裡，動手將它們祭入五臟廟之中。

首屆吃書節有來自美國七個州的個人與組織參與盛會，其中包括極負盛名的「紐約書籍藝術中心」（Center for Book Arts, New York）、「芝加哥書與

Photos by Paul R. Heydenburg

芝 加哥的Hellen Highwater以最簡單的素材——麵包，做出造型簡單的書。

你 能夠看出這個由Melisa Jay Craig 製作的螺旋裝訂書是由什麼材質構成的嗎？

這是高培雅2004年「國際吃書節」的作品,她用餅乾烘培出一個故事,色彩協調,造型生動,跟真實繪本幾乎沒有兩樣。

紙藝術中心」(Chicago Center for Book and Paper Arts),還有來自澳洲與法國的藝術家也共襄盛舉。這個主題鮮明、兼具趣味與藝術性的活動,接下來幾年裡,吸引了不少圖書館、藝廊及書店參與。亞利桑那州的一家圖書館,更在第二屆吃書節時舉辦競賽,從兒童、青少年及成年三組中選出各種佳作。2004年已有十四個國家的人士,在自己的居住地歡度第四屆國際吃書節。

「愚人節」裡的「吃書節」

把「吃書節」訂在愚人節這一天,自然是帶有幽默與趣味色彩的。觀看網路上的檔案照片,參與者的創意與巧思確實令人讚嘆。有別於以紙本、油墨為原料的傳統書籍,歷屆吃書節的成品運用了廣泛的素材:巧克力、糖霜、奶油、起士、海苔、土司、餅乾、糖果、蛋、果凍、通心麵、各色水果與蔬菜。這些烹調精美的「書」,其實也可以被視為「書籍藝術」的另類展現。若非因為它們不能長期保存,還實在讓人捨不得將它們肢解後吞下肚去。但也正因為它們的可食性,「書」的定義又變得更寬廣了。人類與書的關係,更擴及到味覺的接觸。我們可以用味蕾來品嚐它們的酸甜苦辣鹹。一本書在如此情境下消逝,不僅不是一首悲傷的輓歌,反而成了一則美麗的回憶。

Photo by Paul R. Heydenburg

「哥」倫比亞學院芝加哥書與紙藝術中心」的成員，從第一屆的「國際吃書節」開始，就積極參與這項有趣的活動，他們的參與，成為這項幽默活動的最大動力之一。

　　每個人或多或少都有些戀物癖。許多書癡對於實體書的愛戀，不僅止於書籍內容所傳遞出的形而上意涵。事實上，他們對於書籍的形體本身，乃至因書而可能引起的所有相關意念與事物，無不抱持有高度的興致。他們希望以各種方式和書籍產生親密的關係，這種關係甚至可以強烈到主導了戀物者的生活方向。

　　格林那威的另一部電影《枕邊書》（*The Pillow Book*），就把這種戀物情結做了淋漓地詮釋。片中那位自小崇敬書寫的女孩，迷戀文字、書法，迷戀紙頁、墨汁的氣味與觸感。這些元素若能同時在人體呈現，更加能夠引起她的快感。為了追逐這份快感，她刻意尋覓具有合適膚質的人體來書寫，最終竟完成十三本書──這世上真就有這樣一類的愛書人，他們永遠不放棄探索書的任何可能性。對他們而言，紙張、食物，乃至肌膚，全都可以化成書頁。 關於書籍世界的想像，也因此更高、更遠、更無窮無盡了。（初稿發表於2003年4月）

國際吃書節相關網站
網址：www.colophon.com/ediblebooks

百年老店造書梯
Putnam Rolling Ladder Company

古羅馬哲人西塞羅說：「沒有書籍的房間，
就像沒有靈魂的肉體。」然而，貪心如我者，
一個充滿書籍的房間，還必得包括一個
普特南打造的書梯，才真正稱得上完美無憾。

普特南滑梯公司
創立於1905
年，是一家道地的百
年老店。

　　出國旅行我總喜歡去逛書店，特別是尋找一些有特色的個性或主題書店。逛書店對我而言，不僅是一種興趣，也已經成為工作與生活中密不可分的一部分了。除了書店以外，一些著名的圖書館也是我常常出沒的場所。在我造訪的過程中，經常發現不少大型書架前，都有一種木製或鋁製的活動爬梯，可以沿著固定的軌道左右移動，以方便上上下下取書。

　　記不得有多少次，我爬上梯子，在書架最上層尋找寶藏。當我由上往下望時，一方面有居高臨下之感，另一方面又覺得身陷書海中，人顯得極為渺小。它既能帶領我到知識的頂端，也能使我覺得謙卑。對於這種書梯，我一直有著某種難以言喻的特殊情感，就如同孩童迷戀溜滑梯一般。因此，當我從一本外文書中，得知美國紐約市有一家專門打造這類書梯的公司後，立即就找機會登門拜訪。

傳承近百年的紐約老鋪

　　普特南滑梯公司（Putnam Rolling Ladder Company）以製造各種類型的梯子而聞名於世。其

中開發最早且最為著名的，莫過於被編為「普特南一號」、前面所描述的那種木製書梯——如果在底部金屬腳架上看到一個英文縮寫字母P，那就準是出自普特南的傑作了。

已有近百年歷史的普特南公司，位於豪爾街（Howard Street）32號，與曼哈頓的中國城只有一街之隔。1905年由山姆‧普特南（Samuel Putnam）創立，自1930年代搬遷至此後，就一直不曾再變動過，現在已成為蘇荷區的一個地標了。現今公司產品的樣式，幾乎都是在普特南時代研發設計出來的。

在 高挑的書店內，若想充分利用空間、由天花板到地板擺滿書架，非得仰賴可以來回回滑動的書梯才行。

於紐約市蘇荷區的百年老店普特南滑梯公司，已成為當地的地標。

1946年，普特南因年邁而將公司轉賣給一位資深女職員凱若琳・瑞恩（Caroline Rehm），目前的經營者則是她的姪子與姪孫華倫・蒙斯與葛瑞格・蒙斯（Warren Monsees & Greg Monsees）父子檔。華倫名義上為董事長，年輕一代的葛瑞格其實早已子承父業，成為實際負責人了。

我拜訪普特南公司時，正巧碰到葛瑞格，有幸在他的陪伴下參觀了整棟建築的五個樓層。經由他熱心地解說，我大大地開了眼界。原來看似簡單的梯子，學問還真是不小呢！單單是梯子的造型，就多得讓人

Courtesy of Putnam Rolling Ladder

Courtesy of Putnam Rolling Ladder

目不暇給。可分為活動型、固定式、伸縮型、摺疊式、講壇型等。其他還有一些延伸副產品，像是精巧的腳踏矮凳、圖書館常用的活動推車等；主要材質又可分為木頭、鋼、鋁、玻璃纖維幾類。以木頭而言，還可分為橡木、楓木、樺木、櫻桃木、白楊木與桃花心木等。至於其他的五金配件，則有銀、銅、鉻鋼、黑鐵等選擇，顧客可以自行決定喜愛的材質、色調的深淺，甚至若想在梯腳的金屬部分加些紋飾，也都不成問題。尺寸大小那更是依個別需求而打造了。

除了豪爾街這個辦公室、儲藏室兼小型工廠外，普特南還有一處工廠位於布魯克林區，同時生產多樣產品，以應付來自各地的眾多訂單，其外銷的國家，遠至義大利、德國、日本等。特別是1996年普特南在網路上架設網站之後，每月都會收到不少的詢問及訂單，有些訂單甚至來自遙遠的波士尼亞呢！據葛瑞格印象所及，他並未接到來自台灣的訂單。有趣的是，他倒是從台灣進口了一些供組裝用的小配件。

普 特南公司專門打造各種類型的梯子，最著名的就是右圖中這款「普特南一號」滑梯。此外，他們也生產不同材質、色澤、尺寸的小梯子。

擁有商學與法學學位的葛瑞格‧蒙斯，曾任職中情局並專門處理間諜案，他現在是普特南的負責人，成為家族企業第三代經營者。（左上）

在普特南公司裡，有一個樓層專門存放年代久遠的古董梯，供需要者租借。另一個樓層內，可以看到工人實際工作狀況。（中上、右上）

誰需要一個書梯？

　　普特南的顧客，除了諸多的書店、圖書館外，還有很多是個別的家庭。許多中產階級的歐美人士，往往在自家闢有圖書室或書房，其中書架又往往佔據整個（或幾個）牆面，挑高的屋頂更往往高達三四米以上。在這種情況下，訂製一個實用、堅固又美觀的書梯確實極為必要。此外，某些空間必須向上發展的商店，如服飾店、酒商、鞋店或是倉儲等，也都是普特南的重要顧客群。雖然普特南以製作書梯著稱，最有名的一號書梯平均每個月售出四百個之多。不過，令人驚訝的是，其最大的單一買主並非與書相關的行業，而是AT&T（美國電話與電報公司）——為了掌控眾多高懸低掛的電話線路，AT&T針對自己的特殊需求，向普特南訂製了大批所謂的「電話階梯」。

　　劇場也經常使用普特南的梯子，或是用於工作、

許多空間向上發展的處所也需要類似滑梯的輔助，位於舊金山市區內的「布萊特絲布料店」（Britex Fabrics），便以滑梯來查點、取用推積如山的布料。

或是用於表演中。有些劇場設計者喜歡使用具有歷史古味的梯子，普特南也可以出售或出租古董梯子。該公司有一個樓層，就是專門存放年代久遠的梯子，有些甚至可以遠溯到1920年代以前呢！接掌這個企業已歷經三代的蒙斯家族，不僅保有過往的古董梯子，以及傳統的好手藝，就連名號也不打算更換。葛瑞格甚至還繼續使用普特南當時的辦公室，牆上也始終高高掛著這位創辦人的照片。其念舊之情實在是叫人感動！

家族事業，後繼有人

佈滿形形色色梯子的建築物在昏暗中散發出濃濃

Courtesy of Putnam Rolling Ladder

的古意，葛瑞格的敏捷與帥氣，卻為這個看似古老的行業注入了一股生命力。他完全沒有一般刻板印象中工匠所具有的粗獷木訥，反倒流露著溫文儒雅的氣質。這讓我一時聯想起美國知名的男影星哈里遜‧福特，饒具書卷氣的哈里遜‧福特在成為巨星之前，原就是個愛做木工的工匠。

當我和葛瑞格閒聊起來之後，方才知道他的背景極為有趣。原來他並非打一開始就有繼承衣缽的念頭，事實上，在他就學時期，連暑假都不曾在這兒打過工，家人也總是鼓勵他自行發展。畢業自賓州大學（University of Pennsylvania）的華頓學院（Walton School，美國最知名的企管學院之一，與哈佛大學的企管學院齊名）並擁有法學學位的葛瑞格，有著頗為輝

煌的就業歷史。他曾在華盛頓特區執業、襄助過大法官，也曾在福特與卡特陣營中服務，最後還進了「中央情報局」，在法務部門工作了四年，專門處理間諜案等事務。直到1980年，他才開始進入這個家族企業。

　　瞭解他這一連串令人炫目的經歷之後，我忍不住問他，為什麼會在職業上做出如此巨大的轉變？他一手握著書梯，微笑地表示，當他剛開始查辦一些案子時，能知道　些不為人所知的秘密，的確是很刺激。但是過了一陣子，也就麻木了。特別是他以前的工作，總是在處理文件及抽象的事務。而他發現，自己其實是喜愛觸摸具象、有質感的實體，這會給他一種踏實感。另外，能把他的管理長才應用在延續傳統的家族事業上，也讓他覺得很有成就感。從他愉悅的神情裡，我可以感受到一個熱愛自己職業的人的驕傲與滿足。

記　不得有多少次，我爬上書梯，在書架最上層尋找寶藏。當我由上往下望時，一方面有居高臨下之感，另一方面又覺得身陷書海中，人顯得極為渺小。它既能帶領我到知識的頂端，也能使我覺得謙卑。對於這種書梯，我一直有著某種難以言喻的特殊情感，就如同孩童迷戀溜滑梯一般。

典雅的三層小書梯手工細膩，甚至像是一件藝術品，讓人有些捨不得踩上去。

完美的書房

當我與葛瑞格道別之前，特別請他替我粗略地估算，一個八呎十一吋高的一號書梯的造價：櫻桃木材質、外帶一些配件，林林總總算起來近一千美元。我目前的書房雖已有一整面書牆，礙於地形之限，書架高度僅二米左右，兩腳一蹬、手一伸，就可觸及書架最上層，根本不需要書梯。但我長久以來的一個夢想，就是希望能擁有一間寬敞、高挑的大書房，兩三面牆圍繞著密密實實的書架，以便容納我那些四處辛苦搜尋來的書冊。古羅馬哲人西塞羅（Marcus

想一想，這張照片如果少了中間那個書梯，氣氛是不是會大打折扣？

Tullius Cicero）曾說：「沒有書籍的房間，就像沒有靈魂的肉體。」我非常同意他的說法。然而，貪心如我者，一個充滿書籍的房間，還必得包括一個普特南打造的書梯，才真正稱得上完美無憾——在這個夢想成真之前，所幸我還是能在一些書店、圖書館中，不時與普特南的書梯相遇。（初稿發表於1998年7月）

書梯相關網站

地址：32 Howard Street，New York，NY 10013
電話：212-226-5147
網址：www.putnamrollingladder.com/

書架與我
My Bookshelves

等哪天牆面用盡，或是找書耐心磨光之後，我或許
也只好狠下心腸，嚴格限定收藏三千本書，
一旦超買一本新書，就得從舊書中找一本最不需要的丟棄。

正 如書的尺寸相異，書架可以大、也可以小。圖中的小小書架最高不超過30公分，存放的是袖珍迷你書。

一個愛書、藏書的人，多半也會希望有好書架相匹配。書少的時候，這可能不是個問題。但是，當書多到某種程度、空間又有限時，要找到合適的書架，卻像是尋覓理想伴侶般的困難。這樣的類比絕無誇張之嫌，相信和我有著一樣曲折經驗的人，絕不在少數。

我生命中的書架

我生命中第一個較正式的書架，是小學時，父母請人在我臥室中，依著牆面用藍色角鋼搭出骨架，再加上長條木板而成的。在那個物資不甚豐富的年代，看起來還挺摩登的。那七層的開放書架，早先稀稀疏疏地躺著亞森羅蘋、福爾摩斯；國中時加入了曹雪芹、施耐庵、徐志摩、泰戈爾；高中以後又擠進尼采、卡謬、屠格涅夫、杜斯妥也夫斯基。書與日俱增，人也一天天成長。這種角鋼書架，簡單實用，也不需費心保養清理。但那時住在花蓮，地震頻仍。每次一有地震，我就心驚膽跳、冷汗直流，深怕書架解體，自己會被壓在一堆書本與肢解的鋼鐵當中。

上了大學後，在台北多了一個家。這回是請手藝

精良的工匠，打造出紮紮實實的木質書架，表層貼上楓木皮，最後再打磨、上亮漆。在泛著溫潤光澤的暗紅書架上，除了詩歌、散文、小說類的文學書之外，最大一部分是和自己所學息息相關的哲學書籍。當書架空間都被填滿時，我也離開台灣，到國外繼續求學。那幾年漂泊生涯裡，疲於應付課業，所閱讀的書，幾乎全都借自校園圖書館。因為研究生身份，借書數量沒有限制，經常抱一大堆書回到住所。然而，書籍來來去去，卻引發不起絲毫的歸屬感，借來的書往往就一疊疊堆在地板上。即使要讀些閒書，也是到

每個愛書人的「房事」，一定與書架脫不了關係。到底要用什麼顏色、材質或造型，到底架上的書要怎樣分類、排列與管理，這些問題永遠是愛書人最甜蜜的負擔。

圖書館信手取來，趴在舒服的沙發上翻閱。有好幾年，學校圖書館的書架竟成了我在異鄉的書架。

回到台灣幾年後，因為工作、興趣的影響，開始發展出小小的藏書方向。我喜歡收集西方「有關書的書」（books about books），也因為寫作需要，不斷累積從世界各地報章雜誌與網路中收集而來的參考資料，加上旅途中所拍攝的數百捲幻燈片、照片。新歡加舊愛，不僅在我的房間中擠成一團，也侵占了家人的公共空間。最後在一片抗議聲浪中，我當然只得自立門戶了。

為了書架傷透腦筋

原則上，我是個極簡主義偏好者，家中的東西能少則少，櫥櫃之類的大件更是能省則省。太多的家具與繁複的設計都讓我有沉重的壓迫感。因此，新居裝潢並不複雜，但是書房中的書架，卻是怎麼也不能免。為此，我幾乎傷透腦筋。

一開始，我打算到店裡買現成的活動書櫃。在走遍大小家具店後，我卻發現既有書櫃或書架，若非設計俗麗，就是尺寸不合需求，無法達到有效利用空間的目的。再不然，就是材質欠佳。有些活動層板厚度僅有1.5公分，長度卻超過60公分。擺滿精裝本的厚書，肯定過不了多久，層板中央就會呈現下凹的弧狀。更讓人不解的是，這些書架的深度大約都在25到28公分左右。以現今一般書15公分的寬度來估，實在太深了。若想前後放兩排，深度卻又不夠。有些甚至連層板高度都已固定，無法調整。這樣一來，利用價值就更大打折扣。我猜這些設計書架或書櫃的人，大概都不是藏書的人。

如此蹉跎了甚久，家中一切早已井然有序，所有

我的一位朋友Davidson及他的伴侶都是愛書人，兩人所住的舊金山一棟兩層樓維多利亞式建築，屋裡處處都看得到書，就連廚房酒櫃下，都不忘擺放有關巴黎咖啡座的書作為裝飾（上）。最讓人稱羨的是環繞餐廳的兩整面書架，軌道才剛裝好，不久後將放上我所喜歡的書梯（左頁）。

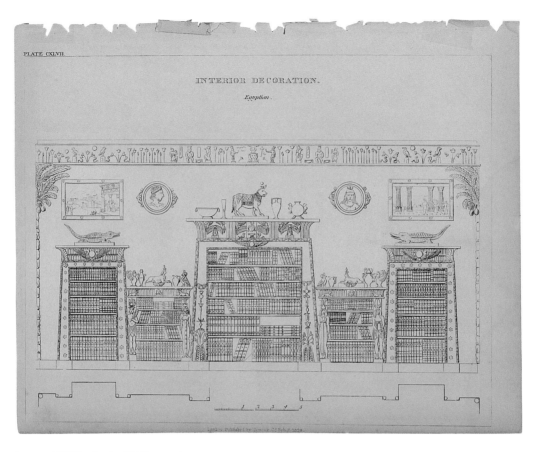

右兩頁版畫，來自於19世紀英國櫥櫃設計師喬治·史密斯（George Smith），於1826年出版的《櫥櫃師與裝潢師指南》（*The Cabinet-Maker and Upholsterer's Guide*）一書。這張圖是埃及風格書櫃的設計圖。

的書籍、檔案卻還埋在一個個搬運用的厚紙箱中不見天日。不明就裡的人還以為我正打包要搬遷，真的是諸事皆備，只欠書架！幾經波折之後，我決定還是自行設計出一個書架與書櫥的混合體。上層採開架式，放書為主；下層加上門板，裡面的主角是分門別類的檔案資料。接著，便手拿設計圖委請組合家具公司製作——他們不像傳統木匠，無需帶著大批工具、材料進駐家中，然後灰頭土臉忙上幾個禮拜，電鑽、電鋸和鐵鎚發出震天價響的噪音，搞得自己與左鄰右舍神經衰竭。

組合家具的好處在於施工快速，板材在工廠中已先裁切完畢。該打孔鑽洞的地方，早一併處理好了。工人只需到現場組裝，一個工作天就可以大功告成。

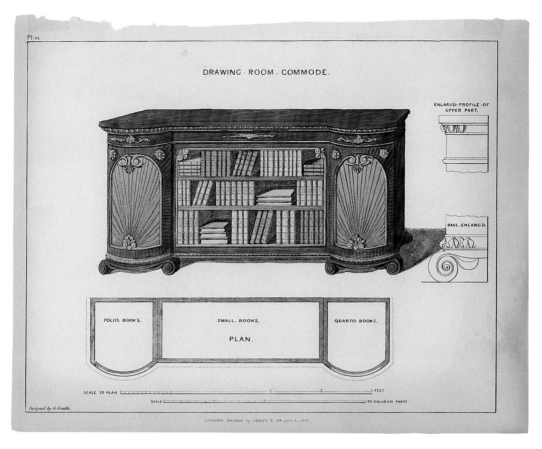

PI. VI.

DRAWING · ROOM · COMMODE.

ENLARG'D · PROFILE · OF
UPPER PART.

BASE. ENLARG'D.

FOLIO. BOOKS.　　SMALL. BOOKS.　　QUARTO. BOOKS.

PLAN.

SCALE TO PLAN

SCALE
TO ENLARG'D PARTS

Designed by G. Smith.

LONDON Published by JONES & Cº April 6. 1833.

話雖如此，承接這小案子的老闆卻被我弄得戰戰兢兢。一般的業主，多半是挑挑顏色、按著目錄上的樣品下訂單。我卻鉅細靡遺地列出深度若干、活動層板幾塊、門把位置等等要求，偏偏我希望的深度與寬度，又不屬於既有的標準尺寸規格，還得以機器特別裁切。預算當然也要往上追加。但這一切的辛苦總算有了代價。一座兩百五十公分寬的純白雅致書架兼書櫥，終於在工人小心翼翼的組合下，在書房中具體成型了。只不過空蕩蕩的架櫃，還彷如是一個乾涸的河床般無精打采。

書架利用學問大

之後，我又花了三四天的功夫，反覆調整書架層

這張史密斯的書櫃設計圖，可以看出是為了照顧不同尺寸的書而設計的。左邊門櫃是放對開本（folio）的大冊書，右邊門櫃放四開本（quarto）的中型書，中間開放櫃則存放一般小開本書。

攝影：齊夫

當初設計客廳這書架時，所有人都主張原木色、深色最好整理。我才不管什麼淺色怕髒的說法，白色是我的最愛，即使是書架，也不能例外。

板高度，再如同陶侃搬磚那樣，來來回回把書放上放下放左放右，試著以多種排列組合來擺置。主要為的是有效利用空間，且找出陳列上的邏輯，以便利日後找書。至於視覺上的審美效果，自然也得列入考慮。我發現要顧及這些因素，而把書全部送上架，真是一件浩大且複雜的工程。杜威的「十進位圖書分類法」肯定不是一般人辦得到的。即便擁有這項本事，其結果大概也不符合一般私人藏書的需求或偏好。

我最後歸結出自己對書的分類，其實是交錯地使用了主題、高度、作者、年代和語文別這幾個大原則。書籍的顏色與厚薄也會列入考慮，比方說，我盡量不讓同樣顏色的書脊靠在一塊，如此較容易辨識每一本書。另外，在同一格架上，我通常會把較薄的書往兩旁擺，讓較厚的書朝中央放。大開本的精裝本厚書則採水平方式疊放在最底層。不要問我為什麼？就是覺得書這麼擺比較順眼罷了。或許有人認為這種做

誰　說椅子只是供人坐的家具？它們也可以是最別致的陳列書架。舊金山的禮品店「蒲公英」（Dandelion）就把書擺在沙發上。

記　得與母親在店中看到這隻中空的木雕天鵝時，兩人都極喜愛，她立刻鼓勵我買下，在裡面擺個盆栽什麼的，我的第一個反應卻和她大不相同。如今這隻天鵝已成了我家擱置休閒雜誌的最佳器皿了。

法真是小題大作，然而，當我在一本由美國杜克大學土木工程教授亨利·培佐斯基（Henry Petrosky）所撰寫關於書架演進史的書《書架》（*The Book on the Bookshelf*）中，讀到他觀察一般人書架的書籍排列法，竟然可以歸納出二十五種以上的分類之後，就此覺得自己的行為，其實並不算太詭異！

到底哪一本才該丟呢？

話說我讓書籍各就各位之後，便發現書架的空間所剩不多。好在我當初設計的深度是36公分，

書架非得都是方形、直線條嗎?那可不盡然。德國法蘭克福一家書店的書架就是彎曲的弧形狀,看起來十分具有現代感。

一般大小的書還可以前後兩排擺。然而,躲藏在後排的書日益增多,卻也成了被打入冷宮的妃嬪。日子一久,很容易就忘了它們的存在。有時想要找一本書,竟得玩起押寶遊戲:把某格前排的書抽出,希望後面正好就有要的那一本。偏偏這個機率並不大,為了追蹤一本書,往往耗時甚久。以小說《玫瑰的名字》、《傅科擺》揚名世界的義大利記號學家安伯托‧艾科(Umberto Eco)以不少版稅買了大量的書,他也曾在書架前後並排書籍,也飽受書籍下落不明之苦。有一次,他在擁書三萬冊的米蘭新居接待一位愛書的採訪者時,興奮地要來客把書抽出來看,後面竟空空如

也──這回書架深度只夠放一排，艾科得意地說：「No more guessing!」（不必再猜了！）

　　由於空間限制，我即便擁有三萬冊書，也不可能像艾科一樣，把所有的書沿著家中牆面一字排開。所以日後我在客廳的第二座書架兼書櫥的深度，還是比照前一座辦理：36公分、前後兩排放書，某些書也只得繼續過著「見不得人」的日子了。而今，這面三百五十公分寬的書牆又快滿溢，要不了多久，我的第三期工程大概就得鎖定餐廳那片四百公分的牆面了。等哪天牆面用盡，或是找書耐心磨光之後，我或許也只好狠下心腸，效法17世紀英國日記體文學家山姆‧丕皮斯（Samuel Pepys）的做法，那就是嚴格限定收藏三千本書，一旦超買一本新書，就得從舊書中找一本最不需要的丟棄。只不過對我而言，那肯定還得歷經一番天人交戰，到底哪一本才該丟呢？（初稿發表於2000年11月）

書架可以摩登、也可以素樸。看完造型特殊的弧形書架，我在另一家德國書店的櫥窗瞥見這款簡單得不能再簡單的書架。事實上，我一開始幾乎沒意識到書架的存在，因為我的注意力完全集中在那三本卡夫卡的書上面。

圖書館之愛
For the Love of Libraries

當火車到站時，我將雙眼緩緩……緩緩張開，望著手中的書，
慶幸自己重返光明。是的，天堂當如圖書館一般，在那裡，
我們無需假借他人的手與眼，可以親自翻閱喜愛的書籍。

也許是渾濁的空氣，也許是紊亂的交通，也許是刺耳的噪音，也許根本就是因為懶，在台灣，我幾乎足不出戶，成了一個繭居族。家裡永遠有整理不完的檔案資料、讀不完的書籍雜誌，實在沒有什麼太大的誘因讓我在外頭流連。

大型圖書館經常舉辦各種閱讀活動、主題展覽，以吸引更多人利用圖書館，圖為舊金山圖書館為招徠民眾的活動布招。

這張版畫最早出現於1857年5月份的《倫敦新聞畫刊》（*Illustrated London News*），大英圖書館這個著名圓頂閱覽室，歷年來服務過眾多名人，例如馬克斯、孫中山、蕭伯納等。

寧可閱讀,不願開車

但是,每週四,我固定會到一所外縣市的大學教書。我先得由住所搭計程車到台北車站,再乘火車到目的地,在車上的來回時間約莫兩個半小時。對我而言,這每週四的出走,就像小孩要出門去遠足一般。只不過前一天晚上,我所準備的,不是放在背包內的糖果、餅乾或電子遊樂器,而是一些精神食糧。我會從書架上仔仔細細挑選幾本不太厚的平裝書放到公事包裡,以便第二天搭車時能閱讀。除此以外,我出門前,一定順手再帶幾本雜誌在身上。在這南下北上的旅程中,我不知翻閱完畢多少本書和雜誌。

很多人總認為這整個過程真是太麻煩了,開車不是比較方便嗎?錯、錯、錯,開車得全神貫注,雙眼與手足都要用上,稍一閃神就可能出車禍;高速公路

美國國會圖書館有三個主建築，其中以完成於1897年的湯瑪斯‧傑佛遜館（Thomas Jefferson Building）最為華麗壯觀，全館走義大利文藝復興風格，以白色大理石為材質。宏偉的大廳共有二十座雕塑、二十三幅壁畫。即使對書沒有興趣，我相信你也會覺得到此一遊是件賞心悅目的事。

動不動就塞車，耗損的時間往往比搭乘火車還多出許多。而且，開車時也無法享受一邊閱讀的樂趣，怎麼說都不是好主意。更何況我這個百分之九十的繭（簡）居族，早已發誓不加入台北市的有車階級。

沒有圖書館，很難活下去

教書的主要目的之一，老實說，是為了能接近學校的圖書館。我的一位德國書商朋友總是說他退休後，一定會從大城市搬到小鎮去隱居，但前提是這小鎮非得要有所好的大學與圖書館供他利用，否則他會活不下去。我完全能理解他的心情。歐美許多藏書豐富的大學圖書館都開放給社區民眾，書籍也都可以外借，所以他的渴求應該不難達成。

台灣的公共圖書館雖然並不算少，但是比較有規模、藏書兼具普及與學術性的，大概也就只有國家圖書館了。然而，這裡大部分的書籍都放在不對外開放的書庫之中，借書得先查詢目錄、填單，再交給服務人員索書。碰到假日人多時，單是等書可能就得耗去半個多小時。即使書拿到手，也只能在館內參考，無法帶回家閱讀。至於許多大學圖書館，若非學校師

生，根本就不能借閱，有些甚至連進去參觀都不成，真教人為之氣結。還好現在一些大學已經漸漸擺脫封建作風，開始建立「圖書館之友」的制度，只要繳納一些保證金，校外人士也可以享用圖書館的服務。

我可以、也樂於大隱於市，但無論如何，不時到大學圖書館走走，卻是生命中不可免的癮頭。走在一排排書架中，心中總是混雜著既渺小又偉大的情緒。身處知識叢林裡，任何個體當然都不免自覺渺小。然而，我們卻也擁有主動權，可以在書海中遴選我們想看的書，把不想看的書甩到一邊去。我們可以對書籍

多年以前我參觀美國國會圖書館時，曾經從湯姆斯‧傑佛遜館的總閱覽室最上層往下拍了這麼張照片，雖說隔著玻璃窗、手邊又沒長鏡頭，無法展現圓形閱覽區的宏偉氣勢，但小小一個畫面，還是能一窺圖書館之美。

位於紐約市第五大道上的紐約市立圖書館總館,雖然祇是一間市立圖書館,但其館藏與建築的氣派,完全屬於國際級。該圖書館因為成為熱門電影《明天過後》(*The Day After Tomorrow*)的主要場景,知名度又跟著增加不少。

行使專制的評斷,理直氣壯地對它們說:「我要!」或「我不要!」如此既謙卑又霸氣的複雜心態,總讓我心悸不已。即使到國外旅行,我選擇棲息地的考慮因素之一,還是附近得要有可茲利用的公共圖書館或大學圖書館。我也因此而累積了不少的借書證(library cards)。

到書店不也一樣嗎?

或許有人會說,到書店不也一樣嗎?不、不、不,絕對不一樣!我當然是書店的愛好者,甚至還瘋狂地以此為主題寫了本書。但是圖書館自有其不可取代的獨特性。許多時候,書店不免過度商業導向,櫥窗、平台、立架這些重點展示區,不少是出版社以壓低折扣爭取而來的地盤。許多書又媚俗得可以,使人看了很倒胃。在圖書館中,所有的書都被一視同仁看待,大家安安靜靜地立在一層層的架上,書脊挨書脊靠著,讀者所受到的干擾反而少,選書時也有較大的自主性。此外,在瀏覽的過程中,我們也可以由書籍被摩搓的狀況與後面的借閱紀錄來判斷哪些書受人歡迎,哪些乏人問津?這其實也是個觀察閱讀生態的有

 親伴隨孩子閱
讀，是幫助他
們成長的最佳方法。
這不僅是紐約市立圖
書館總館其中一幅壁
畫的主題，也是一般
圖書館兒童閱覽區中
經常看得到的溫馨畫
面。

趣指標。

　　另外，在台灣逛書店，非得具備超人的體力，才
能有本事一站幾小時還繼續享有閱讀之樂。目前多數
裝潢新穎、氣氛絕佳的書店，雖說模仿了西方超級連
鎖書店的大部分經營模式，但是最重要的一點卻沒有
跟進，那就是提供方便顧客閱讀的桌椅。在美國待過
的人，大概少有不懷念「博得」（Borders）、「邦斯
與諾伯」（Barnes & Noble）這兩家連鎖書店。確切
地說，是懷念店中散置的舒適桌椅。至於一些小型的
獨立書店，就算裝潢素樸，往往也都在角落擺著幾張

有些人收集電話卡、捷運卡、遊戲卡，有些人收集信用卡、貴賓卡，我以收集library cards為樂。

軟綿綿的沙發誘你入座。每回看到這個景象，我總是感動莫名。不知是不是被西方的書店給寵壞了，老覺得台灣多數的書店不管裝潢多美，就是少了一份親切感。無論是哪一種書店，似乎它們都還是個營利單位，如果東翻翻、西看看，最後一本也沒買就走出來，心中總好像夾有一絲歉疚感。

但是在圖書館看書可就不同了。無可否認的，與書店相較，圖書館的特殊魅力在於它的開放性。你可以把一堆書攤在大桌上，悠閒地蹺著二郎腿、在舒適的椅子上坐一下午。最後看不過癮，還可以把書帶回家，一切免費！想來圖書館真是人類最開明的機構。

說到這裡，有人可能會認為我是個專門看白書的傢伙，當屬出版業的頭號公敵。其實不然，我每年的購書費還是頗驚人。只不過我是屬於理智型的文化消費者，對於自認沒有參考價值、或是放在書架上會讓人汗顏的書，我是萬萬不會衝動買下。偏偏有些書就像雞肋，食之無味、棄之可惜。在空間與金錢有限的情況下，難道得全部買回家不成？圖書館的存在，解決了我這方面的困境。

天堂將如同圖書館一樣

坐在圖書館時，我的腦海中經常會浮現出當代阿根廷最有名的魔幻寫實作家豪爾赫‧路易斯‧波赫士（Jorge Luis Borges，1899～1986）曾說過的一句話：「我總是想像天堂將如同圖書館一般。」這句話不僅反映了許多愛書人的心情，由波赫士說出來，更令人動容。

通曉數種語言、博覽群籍的波赫士，因家族遺傳之故，視力一直不佳。他曾於1936年到1946年間，擔任布宜諾斯艾利斯郊區圖書館的館員，1955年成了國家圖書館的館長，任期達十八年之久。但是他在

美 國芝加哥市立圖書館中，擺放著貓王普里斯萊入神閱讀的巨型海報，用來吸引讀者目光。（左上）

西 方的公共圖書館往往每天都會安排免費的導覽行程，幫助來訪者了解圖書館的歷史、設施與服務項目等，導覽解說者多半由義工擔任。（右上）

接掌這項職務時，眼睛已無法閱讀。他曾表示，上帝在賜給他圖書館八十萬冊書的同時，也賜給了他永無止盡的黑暗，世間還有什麼比這更諷刺的呢？

然而，作家並沒有因此停頓讀書、寫書的生涯。他從那年開始，精讀古英文，又一方面央求老母親與親友替他唸書。他的一位姪甥後輩甚至努力學習德文發音，以便為他大聲朗讀德文書。他瞇緊眼睛、聚精

圖書館的特殊魅力在於它的開放性。你可以在館內翻閱一整天的書，最後看不過癮，還可以把書帶回家，一切免費！真是人類最開明的機構。

美國北加州某個小鎮梅婁公園（Menlo Park）公共圖書館入口處的彩色鑲嵌玻璃，顯示孩童在大自然美景下閱讀的愉快畫面。

會神地用耳聆聽，彷彿要將那些字句深深地印刻在腦中。眼盲雖然讓他無法再寫長篇文章，但也迫使他訓練自己，以扼要的方式口述出結構精練的短文與詩篇，由眾人輪流抄寫下來。

接近書籍是人類不變的渴求

　　每個星期四，當我從學校返家時，在已經頗為沉重的公事包中，一定又加上幾本剛從圖書館中借來的書。有時我並不急著打開閱讀，我會靠在火車的座椅上輕閉雙眼，讓自己暫時失明，心中盤旋著波赫士的一段話：

　　當一個人不能閱讀時，他的心靈狀態也不同。無法閱讀，事實上有某些好處。當我還有視力時，若是我得花上半小時不做任何事，我會發瘋。因為我必須閱讀。但是現在我可以一個人獨處相當長的時間，我不介意長途的鐵路旅程，或是一個人待在旅館中，或是在街道上行走。

　　這段談話看似達觀，卻不免予人一抹哀傷與孤寂的感覺。若是有可能選擇，我相信波赫士並不會願意停留在漆黑的世界中。否則，他不會在八十三歲的一次訪談中，對採訪者說道：「讓我告訴你一個祕密，我依然假裝我的眼睛沒瞎，我依然買書，我還是不斷地往家裡添書。我可以感受到書籍友善的吸引力，我並不清楚為什麼我相信書籍可能帶給我們快樂。」無論處於光明或黑暗，接近書籍都是人類不變的渴求吧！在火車到站時，我將雙眼緩緩緩緩緩緩張開，望著手中的書，慶幸自己重返光明。是的，天堂當如圖書館一般，在那裡，我們無需假借他人的手與眼，可以親自翻閱喜愛的書籍。（初稿發表於2000年12月）

Photo courtesy of © Eduardo Comesaña

這張得來不易的照片，是我對阿根廷作家波赫士印象最為深刻的印象之一。照片中的波赫士緊密著雙眼、聚精會神，彷如在仔細聆聽著什麼。據著名的阿根廷攝影師 Eduardo Comesaña 先生對我描述，時為 1 9 6 9 年，場景為布宜諾斯艾利斯某電視台的一個文藝性節目，波赫士坐在最前排，參與有關他作品的問答。可以看出波赫士當時是多麼地全神貫注。

書人的魅力
The Charm of Book People

書人的魅力，或來自於對書的執著與迷戀，或因為其鮮明的性格印象。
但假若沒有一個識趣的「伯樂」，用紙用筆將之記錄下來，
後人只怕也不容易體會其魅力了。

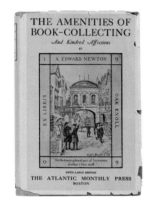

紐頓的書話不僅讓人覺得藏書是一件有意思的事，更讓他自己及書中所提到的書人，都變得魅力無邊，圖為其名著《聚書的樂趣》書影。

美國女作家愛瑞卡・鍾（Erica Jong）說道：「當我還是個十歲的小書蟲時，曾親吻書上作者的照片，彷彿他們是偶像般，這些遙遠的人竟能引發我去愛，曾經讓我感到非常驚異。」愛瑞卡不必覺得奇怪，很多人（小書蟲或老書蟲）其實都有和她兒時相類似的經驗。雖然每個人的偶像可能都不一樣，也不見得真會去親吻作者的照片，對作家的迷戀或景仰卻是極為正常之事。而那遙遠的距離往往才是催情劑，它讓我們專注於作品本身的引人處，進而對作者產生某種想像與憧憬。然而，若與作者有過度近距離的接觸，往往和我們從書中提煉出的印象相衝突，只怕我們多半都會失望！

早夭的書人

說偶像太沉重，但是我自己的確也有一些心儀的作家。其中一位是美國19世紀末、20世紀初的藏書家愛德華・紐頓（A. Edward Newton，1864～1940）。紐頓吸引我不僅是因為他藏書家的身分，最重要的是他把藏書、愛書、和書商打交道的經歷都生動地記載下來。他的文字簡單、不花俏，卻能讓人身歷其境，讀起來通體舒服，想必他的文風受到他所崇

仰的英國著名的散文家查爾斯‧蘭姆（Charles Lamb）的影響不小。

紐頓的本事還在於他能勾引讀者對他書中所描述的人物產生莫大的興致。我第一次閱讀他的成名作《聚書的樂趣》（The Amenities of Book-Collecting and Kindred Affections）時，就迷戀上第十三章中所談到的主角哈立‧愛金斯‧懷德納（Harry Elkins Widener，1885～1912）。我經常望著書中他那張英挺、髮線中分、一臉散發著書卷氣兼貴族氣的黑白照

片出神。此君是1912年鐵達尼號殉難者之一。出身美國費城首富之家的懷德納，為哈佛大學的畢業生，他憑著卓越的天賦與品味，並以家族財富作為後盾，才畢業沒幾年，就已成了大西洋兩岸著名的年輕藏書家。收藏品中包括了愛書人夢寐以求的古騰堡《聖經》、1623年首版的莎士比亞對開本全集，以及眾多書扉帶有名家題獻的稀有古書。

　　與懷德納家相熟的紐頓在書中提到，懷德納於踏上那趟致命之旅要返回美國前，才滿心歡喜地從倫敦的古董書店中買了許多珍本書，其中最特別的是

翰生博士在六個助手的幫忙下，於1755年完成了《英語字典》，這本主導英語世界長達一個半世紀之久的上、下兩冊巨著，展現出約翰生過人的智力與毅力。圖中所見為《英語字典》的第一版書影（左）及書名頁（上）。

1598年出版的英國哲學家法蘭西斯・培根（Francis Bacon）的散文集《隨筆》（*Essaies*）當懷德納囑咐店員將他的戰利品妥善處理時，曾說道：「我想我將把這本培根小書放在口袋中，若是不幸遇上船難，它也會跟隨著我。」沒料到這句話竟一語成讖，由於救生艇不夠，在婦女與小孩優先的政策下，懷德納最後與父親一起遇難，年僅二十七歲。母親獲救後，除了將愛子的所有藏書捐給母校哈佛大學以外，更慷慨地捐出兩百萬美金，在校園內建了哈立・愛金斯・懷德納紀念圖書館。懷德納生前曾向紐頓提到，他希望自

己未來能與偉大的圖書館相提並論，而非僅僅只被記得是一個優秀的收藏家而已。他的理想在終究實現了。

這則與書相關的浪漫故事，在紐頓的描述下格外動人。懷德納聰穎、謙虛，卻又帶點自負的有為青年形象，更是躍然紙上。我不僅折服於紐頓的文采，更因此而對早夭的懷德納產生莫名的憐惜。畢竟這個世界上，不乏富商巨賈，能對藏書懷抱極大熱情、感性又有品味者，卻有如鳳毛麟角。這樣的男子，即便是存活在另一個時空，又怎麼能不讓人念想呢？

老少書人搭檔

讓我印象深刻的另一組老少配書人，是18世紀英國文壇最著名的搭檔：薩爾姆‧約翰生博士（Dr. Samuel Johnson，1709～1784）與小他三十一歲的詹姆士‧包斯威爾（James Boswell，1740～1795）。眾所皆知，約翰生博士為《英語字典》（*A Dictionary Of the English Language*）的編纂者，他以八年的時間，在六個助手的幫忙下，於1755年獨力完成了這本巨著。在此之前，英國沒有一部像樣的字典，既有字典在字源、拼字、發音、文法上諸多分歧且充滿錯誤。直到約翰生博士這本《英語字典》出現後，才洗刷掉英國上下背負甚久的恥辱。這部字典最讓英國人揚眉吐氣的是，1694年出版、由法國皇家學院主導的一部法國字典，可是動用了四十位會員分工，歷經五十五年時間才完成的！

約翰生的字典雄霸了英語世界一個半世紀之久，直到1928年《牛津英語大辭典》（*Oxford English Dictionary*）全套出齊出現為止。他固然因為編纂字典而享盛名，但是真正使他名垂青史、讓世人永誌不

賈 徐瓦‧雷諾茲爵士為好友約翰生博士所繪的一系列肖像，是使得約翰生名垂不朽的另一個原因。畫面上的約翰生眼睛直直盯視著雙手緊握的書卷，臃腫的臉龐幾乎觸碰到書頁，彷如一位飢渴的書人，恨不得把所見到的每一個字母都吞食入腹。

忘的，卻是後生晚輩包斯威爾為他所撰寫的《約翰生傳》（*The Life of Samuel Johnson*）。這本書也使包斯威爾躋身為最了不起的傳記作家之林。這兩個原本一主一從的人物，互相造就了彼此，雙雙成為歷史上的傳奇。

　　熱愛倫敦的約翰生博士曾經說：「當一個人厭倦倫敦時，他對人生也就覺得乏味。」仿效這句話，我以為：「當《約翰生傳》讓人提不起勁時，其他書也無法帶給人樂趣。」因此，每當我覺得日子開始有點

這是約翰生的忘年之交包斯威爾的畫像，畫作完成於1765年。包斯威爾時約二十五歲，與約翰生相識僅兩年，他的傳記生涯才剛開始，身後那隻貓頭鷹正象徵了他的聰明早慧。

無聊、特別是想找點笑料調劑調劑時，我最先想到的就是翻閱《約翰生傳》。

　　書籍一開始提到約翰生年幼時，有一次家中僕役沒來得及放學時趕到學校帶領他回家，於是小小約翰生決定自行返家。由於他嚴重近視，所以得雙手、雙膝趴下，仔細橫量地上的陰溝有多寬，以便冒險越過。當時學校的某位女老師因為擔心他走錯路、或掉近陰溝、或被馬車撞上，因此尾隨在後。誰知小小約翰生正好轉頭撞見女老師，驟覺她的小心關懷有損其男子氣慨，於是憤怒地衝向女老師，用盡吃奶力氣對

她猛打一番。

包斯威爾用一件小事，就把約翰生博士從小自尊心強、脾氣火爆的形象做了鮮明的描述。每次看到這一段，我總是聯想起《世說新語》〈忿狷篇〉中提到王藍田忿食雞子那段暴躁又滑稽的情形，然後忍俊不住哈哈大笑。

約翰生對蘇格蘭人素有偏見，他在字典中對「燕麥」（Oats）這個名詞所下的定義是：「一種穀物，在英格蘭通常是用來餵馬，但在蘇格蘭大約是來養人。」（A grain, which in England is generally given to horses, but in Scotland appears to support the people）此外，他在一次聚會中聽完一個蘇格蘭人盛讚自己故鄉的景象是如何如何雄偉後，回答道：「但是，先生，讓我告訴你，蘇格蘭人所能看到最雄偉的景象，就是通往英格蘭的大道。」（But, Sir, let me tell you, the prospect which a Scotchman ever sees, is the high road that leads him to England!）

極具諷刺性的是，對博士崇敬萬分、一心一意想要替他立傳的包斯威爾偏偏是道地的蘇格蘭人。1763年兩人初遇的情形著實令人捏把冷汗，還好博士的嘲諷，並未讓意志堅定的二十三歲少年郎打退堂鼓。包斯威爾日後不僅得到約翰生的喜愛，更說服他在六十四高齡時，兩人結伴同遊西蘇格蘭（約翰生原本所鄙棄之地）的赫布里底群島（The Hebrides）三個月，日後並分別寫下遊記，因而成就文壇另一段佳話。

這一老一少長達二十一年的忘年之交，使得包斯威爾得以近距離的觀察、紀錄約翰生的一言一行。最難能可貴的是，處處討好、巴結約翰生的包斯威爾，並未把《約翰生傳》變成一本歌功頌德的馬屁書，更

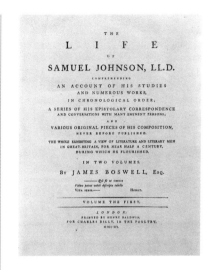

包斯威爾撰寫的《約翰生傳》，使得約翰生的言行與個性十分鮮明地活在世人心目中，也讓自己躋身一流傳記作家之林。這兩位原本一主一從的人物，互相造就了彼此，雙雙成為歷史上的傳奇。上圖所示為《約翰生傳》第一版的書名頁。

這是英國通俗漫畫家Thomas Rowlandson描繪約翰生與包斯威爾兩人結伴同遊赫布里底群島的畫面。老少雙雄得意洋洋的肢體語言頗具喜感,讓我不禁聯想到勞萊與哈台那一對寶。

沒有將這位拯救民族自尊的英雄寫成一個無暇的完人。書中除了展現一位文學泰斗博聞強記、機智幽默的一面,也顯示出他尖酸刻薄、魯莽衝動、善妒好強的性格;我們看到巨人不時意氣風發、咄咄逼人,不時又拘謹靦腆、甚或憂鬱軟弱;他可以霸氣、無情,也可以寬容、溫情。

包斯威爾巨細靡遺地勾勒出約翰生的多樣複雜面向,連邋遢的外貌與不文雅的怪癖也不放過。諸如身材粗壯、舉止粗俗,幼年因患淋巴結核以致顏面變形、視覺神經受損(不僅重度近視,而且一眼幾乎全瞎)。他頭上那頂不合襯的假髮老是歪歪斜斜地掛著、衣服經常皺巴巴。此外,他喝完橘子汁後,有偷偷把橘子皮兜在口袋的怪異舉止。最好笑的是,他讀書時總是急急忙忙、狼吞虎嚥,在一回宴會上,為了

讀完一本書，他在用餐時把書用餐巾包好、放在腿上，一邊飢渴地閱讀，一邊不忘介入席間的娛樂。包斯威爾把當時的約翰生比喻成一隻爪子緊握著一塊骨頭不放的狗，其嘴裡同時還咬著其他東西。

　　流傳現今最有名的一張約翰生博士肖像，是由他的另一位至友賈許瓦・雷諾茲爵士（Sir Joshua Reynolds）所繪。畫面上，戴著假髮的約翰生，眼睛直直地盯著雙手緊緊握住的書卷，臃腫的臉龐幾乎觸碰到書頁。雷諾茲的圖像與包斯威爾的文字真是有異曲同工之妙！它們共同勾勒出一個傳神的約翰生，每回我看到其一，就會聯想到其二。

　　多數的傳者多半企圖與傳主保持距離，我們在看傳記時，往往不會意識到傳者的存在。在《約翰生傳》中，傳者包斯威爾卻以第一人稱的敘述發聲，我們無時不聽到他的聲音。當約翰生開心時，他是個分享者；當約翰生孤獨時，他是個伴隨者；當約翰生咆哮時，他是個受氣包，可以忍受冷嘲熱諷，讓自尊被踩在偉人的腳下。每回讀到包斯威爾為了接近約翰生而展現的天真、熱情與隱忍，我就不得不為他的賣力演出擊掌叫好、為我們今日能有幸閱讀這本精彩的傳記而欣喜稱慶！

　　書人的魅力，有時來自於他對書籍的執著與迷戀、有時來自於其鮮明的性格印象、有時則來自於其文筆的生動。藏書家懷德納與辭典編纂者約翰生的音容總不時在我心中浮現，不可否認的，這兩位一兩百年前的書人之所以留給後人如此鮮明的影像，和他們所流傳下來的照片與圖像有關，但真正讓他們魅力無邊的，是以文字將其事蹟紀錄下來的紐頓與包斯威爾這兩位執筆的書人。

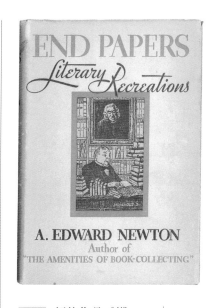

紐頓的作品《蝴蝶頁》（*End Papers：Literary Recreations*）的書衣封面上有張木刻畫，畫中紐頓坐擁自己書房中的收藏，背後是一張出自雷諾茲爵士的約翰生畫像。書人敬書人，這一切都是因為文字的力量。

查靈歌斯路84號
84, Charing Cross Road

在讀過數十回她與法蘭克的書信後，我只覺得
無法用另一種語言來為他們發聲。許多時候，
時間、空間、語言的相阻，所引發的並非冷淡、
遺忘與隔閡，反而可能激起一股更濃烈的思念與懷舊。

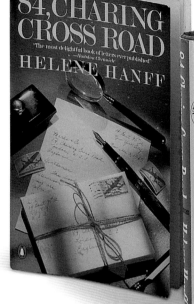

以 《查靈歌斯路
84號》一書感
動許多讀者的女作家
荷琳·漢芙。

走過上千家書
店，總是有人問我：「哪一家書店最讓
你印象深刻？」說來可笑，經常在我心頭
縈繞的是一家不存在的書店，嚴格地說，應
該是一家曾經存在、卻早已消逝了的英國書
店，我雖然拜訪過這書店的所在舊址，卻終究無緣在
1970年書店歇業前親臨現場。

　　對於這家書店的特殊情感，並非是基於「得不到
的，才是最好的」心態，而是緣起於一本小書、一本
關於這家書店的書《查靈歌斯路84號》（*84, Charing
Cross Road*），這個別緻的書名指的是一家書店的地
址，內容主要是由一位美國女作家與英國書商間的往
返書信所構成，在英語系的國家裡，愛書人少有不識
這本書者，它不僅被改編為電視劇、廣播劇、舞台
劇，最後還被拍成電影。

書籍已安全抵達

　　故事始於1949年10月，一位在美國紐約市掙扎的三十三歲女作家荷琳・漢芙（Helene Hanff）在一份報紙的廣告版上讀到一則英國古書店「馬克士與可漢書店」（Marks & Co., Bookseller， Co.在此指的是創辦人之一Cohen的縮寫）刊登的廣告，上面寫著他們專營絕版書，這段文字引發了她的注意，並去函陳述自己是個窮作家，卻擁有古董書的品味，信中列

　　《查靈歌斯路84號》這本書是由一位美國女作家荷琳・漢芙與英國書商間近二十年的往返書信所構成。我手邊擁有《查靈歌斯路84號》的多種英文版本，包括英國版、美國版、精裝本、平裝本以及舞台劇的腳本。只要看到封面、編排不一樣者，我就會買下。

英國倫敦的查靈歌斯路是著名的書街，街上除了連鎖書店外，還有多樣化的主題書店。其中最吸引我的，則是一些專賣舊書的二手書店及古董書店。

了張書單並言明每本書若在五美元內，將願意購買。

二十天後，荷琳接到書店寄來的幾本書及採購經理法蘭克・竇爾（Frank Doel）的信件。荷琳回信一開頭就寫著：「書籍已安全抵達，史蒂文森是如此的美好，使我橘色的書架相形失色，手捧著軟羊皮封面及奶油色的厚紙頁，我幾乎顫慄，習於美國書死白的紙頁及僵硬的紙板封面，我從不知道撫摸一本書竟然可以是如此的享受。」自此荷琳即越洋購書，與法蘭克筆交十九年，兩人的書信由冷轉熱、由疏變親，彼此的稱呼從拘謹的先生、女士演變到直喊法蘭克與

荷琳，內容從書擴及工作、生活，最後荷琳與法蘭克及其家人都建立了深厚情誼。

時值二次大戰剛結束，英國的物資缺乏，糧食都採配額限制，每個家庭一星期僅得兩盎司的肉、一個月每人只能分到一顆雞蛋，而對岸的美國卻是欣欣向榮，荷琳於是不時透過出口公司訂購食物，轉送給書店的店員，以回報他們的服務，有一次她甚至央求在倫敦工作的女友悄悄地在店中放了禮物，幾位店員則私底下偷偷地寫信給荷琳，表達他們的謝意，因為法蘭克老覺得與荷琳聯絡是他個人的專屬權利。

這些人性化的溫馨情節固然是感人之處，不過真正讓愛書人對這本書傾倒的理由，在於閱讀時能強烈感受到荷琳對書籍的熱愛及獨特的見解，她的文筆流暢生動兼具辛辣與幽默感，不時又流露出狂喜與柔情，例如當她收到一本1852年首版的約翰・亨利・紐曼（John Henry Newman）的《大學的理念》（Idea of a University）時回信道：「紐曼約一個星期前抵達，我才剛剛回過神來，它放在我的桌上整天，只要停止打字時，我總是伸手去觸摸它，並非因為它是首版，而是我從未看過一本如此美的書，擁有它讓我隱隱有一絲罪惡感，那發亮的皮革封面與燙金及美麗的印刷，應屬於某個英國鄉間房舍內的松木書房，閱讀它應該是靠在爐火旁、坐在一個舒適的紳士皮椅上。」

但當她不滿意一本書時，卻會激動地寫著：「這是勞啥子的《丕皮思日記》（Pepys' Diary）？這根本不是他的日記，而是某位好事的編輯自丕皮思日記中節錄出的慘不忍睹的選集，但願這傢伙去死！」如果她覺得法蘭克太遲處理索求的書時，口氣也毫不留情地叫囂著：「別只是閒坐在那兒，快動身去找書，

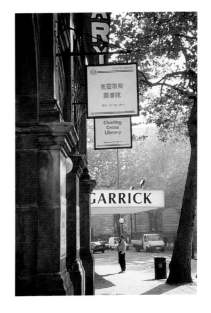

查靈歌斯路因為靠近中國城，所以街上的市立圖書館不僅擁有中文藏書，連招牌也是中、英文並存，由此也可知，"Charing Cross Road"的英國官方定譯應為「查靈歌斯路」，故本書均從此譯。

我真搞不懂你們的書店是怎麼經營下去的！？」

法蘭克的筆調則一貫地從容不迫，遣辭用句溫文儒雅，典型的英國紳士作風，但是大概受到荷琳的感染吧，最後他的信中也不時閃現出一絲風趣。兩人一來一往的機智交鋒，令所有對文字與書籍著迷的人都看得過癮，巴不得自己也有這樣的經驗。法蘭克的妻子娜拉在他去世後，首次與荷琳聯絡時，就在信中坦誠表達，她對荷琳的寫作才華，其實是既羨慕又忌妒，因為法蘭克是如此的喜愛閱讀她的來信。

荷琳幾次計劃要去倫敦拜訪「她的」書店及法蘭克一夥人，但總因籌不出錢而作罷，1969年1月，她收到書店秘書的來信，告知法蘭克已於去年底因病去世。兩個人神交近二十載，卻終究不曾會面，荷琳傷心地翻閱存放在鞋盒中的信件時，想到將這場情誼的片段出版，以追悼那段過往的時光。在徵求娜拉的同

意後，終於在次年秋天出版，旋即引發一陣好評，沒沒無聞的荷琳‧漢芙一夕間在大西洋兩岸成名。這也讓年過半百的她一償宿願，造訪了魂牽夢繫多年的倫敦。只不過「馬克士與可漢書店」因老成凋謝而結束營業，這本書的出版彷彿成了這家書店的墓誌銘。荷琳走進殘留著空書架的店中，不禁黯然神傷許久。書店雖已消逝，但是它的地址卻因荷琳與法蘭克的書信集，成了與唐寧街10號（英國首相官邸）齊名的響亮門號，牢牢地烙印在所有愛書人的心頭。

意義何在呢？

1994年秋天，我初訪倫敦，到旅店後，立刻卸下行李，接著迫不及待地直奔查靈歌斯路84號，我要那裡成為我拜訪倫敦的第一個目的地，我當然知道夢中的書店已不存在，但是心中卻篤定地揣測那地方至少應該還是家書店。查靈歌斯路是倫敦著名的傳統書街，在書街上、且又有如此傳奇的歷史背景，肯定那兒有其他書店進駐。我私心還希望內部能保持舊有的樣貌，然而當我興沖沖地抵達建築物對面時，卻赫然發現那是一家唱片行。望著花花綠綠的櫥窗，頓時間我有一種被重擊的感覺：這個擁有尊貴地址的處所，怎麼可能不是一家書店呢？失望之餘，我只有隔街對著這家店行注目禮，一點也提不起勁進去瞧瞧。「意義何在呢？」我在心中如此自問。

第二年春天再訪倫敦。這一回，我倒是決意要一訪那家唱片行。我實在很想問問店主，是否有許多書痴如我者來訪，然後又都敗興而歸。誰知抵達現場時，卻發現櫥窗上貼著結束營業的大海報，幾個負責搬運的工人正在做最後的清除。走進店中，裡面只見零星的存貨與空架子。這讓我聯想到荷琳近四分之一

在空蕩蕩的唱片行裡，赫然發現荷琳‧漢芙的作品還擺在架上。

唱片行的老闆豪爾告訴我，店中原本還掛著「馬克士與可漢書店」的舊招牌，幾天前才被他賣掉了。當我們在店外聊天時，豪爾喊住一位路過的年輕男士，興奮地介紹此君正是收購舊招牌的人士，也是此街上一家樂器行老闆。半小時後，我來到樂器行地下室，只見地上三片分隔的招牌在滿牆吉他的襯托下顯得極為突兀。按下快門那一刻，我心中想著：何處將是它們最後的棲息地？

世紀前第一次踏入這個建築物時的惆悵情景。當我落寞地準備離開時，眼角餘光卻瞥見櫃檯前散置幾本書，在空蕩蕩的店裡顯得格外突兀。走近一看，赫然發現它們竟全是荷琳‧漢芙的書。

當我激動地握著書時，一位名叫豪爾‧吳（Howard Woo）的男士在我身邊出現，自稱是唱片行的老闆。「你一定是荷琳‧漢芙的讀者，長久以來一直都有來自世界各地的書迷造訪本店。」他這麼說著。這也解釋了為什麼唱片行會販售她的書。豪爾說店中原本還掛著書店舊招牌，幾天前才被人收購，不過店外倒是有一塊紀念牌鑲嵌在牆上。他引我走出室外，指著左上角的一個圓形銅牌，上面鐫刻著「查靈歌斯路84號。馬克士與可漢書店的舊址，因荷琳‧漢芙的書而著名於世。」與豪爾分手前，他提議我若有機會，應該去紐約拜訪荷琳本人。我當場瞠目結舌，總以為這位感動眾多愛書人的女作家早已作古，怎麼也沒料到她居然還活著。

冀望快快再來紐約

1996年7月，人到紐約，經過一番轉折，終於與漢芙女士通了電話，並約好會晤的時間。那天我來到上城東區一棟大樓的門廳，當管理員通報不久後，一位佝僂瘦小的老婦人緩緩走出電梯，手上叼了根香

煙。沒錯！她，就是荷琳‧漢芙。雖然年已八十、形體明顯萎縮，但是那張臉孔卻與我在書上所看到的作者照片相吻合。

扶著舉步維艱、垂垂老已的荷琳到對街的一家咖啡店，一段常人只需兩三分鐘的路程，我們花了近二十分鐘。在店中坐定後，她說有不少歐美的讀者來看她，但我卻是第一個來訪的台灣讀者。當她知道我因為她的書，而興起了將其翻譯為中文版並已進行撰寫一本描述書店風景的書後，讚許之餘，眼光變得極為柔和，輕聲地說道她的一生因為和「馬克士與可漢書店」結緣而有了意想不到的收穫：先是與店員建立友誼，法蘭克死後，卻因發表了他們的信件而贏得讀者與評論家的喜愛，讓在寫作生涯原本不順遂的她，重拾自尊與自信。這本書信集不僅對漢芙意義深遠，也影響了不少愛書人。一位美國書商因為這本書而對自己的行業更為

「慈威瑪書店」也是倫敦老書街查靈歌斯路上的著名書店。

唱片行的外牆上掛著一個圓形銅牌，上面鐫刻著「查靈歌斯路84號，馬克士與可漢書店的舊址，因荷琳‧漢芙的書而著名於世。」

除了《查靈歌斯路84號》以外，荷琳·漢芙還出版過不少其他作品。

與荷琳碰面時，她已八十歲，行動遲緩、嘴角還不由自主地留著口水。然而當她提筆在書上簽名題獻時，筆法卻極為靈巧。

堅定，並且將書店命名為「查靈歌斯路84號」；有些浪漫的書迷情侶，甚至相約在那個門號前初吻。

閒聊一陣後，我拿出五本她的作品，一邊向她解釋因為沒有把握這次真能與她碰上面，所以並沒有把家中的精裝本書帶來，一時間只能在附近書店買到幾

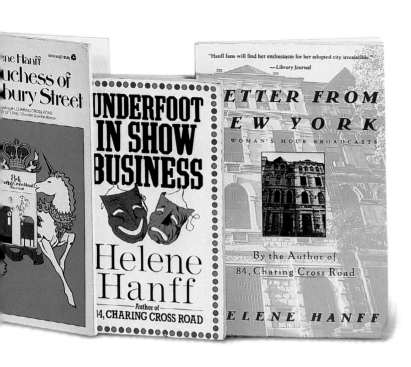

冊她的平裝本書，兩人齊聲抱怨起平裝書欠缺質感、難以保存、封面鬆垮、邊緣又容易折角的毛病後，她還是很慎重地在書籍扉頁上簽名題字。每本書都寫了一段靈巧的祝福語，娟秀流利的字跡很難與她遲緩的動作難聯想在一起。我是個有特殊癖好的藏書者，對我而言，一本喜愛的書若是有作者的題獻詞，正如同被加持過的吉祥物般有價值。

　　幾天後，我在另一家書店發現兩本荷琳著的精裝書，立刻將它們買下，並且在離開紐約前與她二度碰面。一則向她道別，再則當然是要她為這兩本書「加持」。這回她吩咐管理員讓我直接登堂入室，進到她那書裡經常描述的公寓。眼

荷琳於1996年巴士底日（7月14日）那天在我的書上寫著：「致芳玲，冀望快快再來紐約，否則在她成行前，我將死去！」她這個最後題獻，宛如預告自己的訃聞。不到半年，荷琳已神智不清地躺在病床上，不久即離開人世。

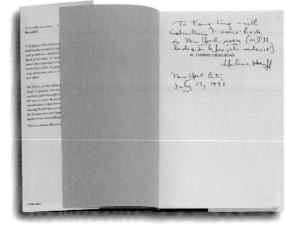

第二次與荷琳的訪談是在她的寓所中進行，她神情愉快地握著成名作在書架前留影，兩人當時都沒注意到她的襯衫鈕子沒有釦好。

荷琳屬於電子世代前的文人，她的書信與作品都是經由這部老式打字機一字一字敲打出來的。

見老式的打字機、長條型的座椅兼睡床、茶几上她嗜好的馬丁尼與酒杯，一切都很熟悉。當然，書架上有來自倫敦的書，只不過十來坪的小公寓，對於終身獨居的老作家竟然顯得有些空曠。閒談中，荷琳簡短地接了通電話，掛下聽筒後，她說一位朋友每天都會打電話來查看她是否還存活著。由她的神情，我知道這不是一句玩笑話，已經八十歲的老人，身體狀況不佳、嘴角時而還不由自主地留著一抹口水。但是聽她這麼說，我還是心頭一冷。我對她的印象依然停留在書中所展現的刁鑽靈活。

當她在書上題獻完畢後，我翻了一下，背脊更是發麻，書扉上寫著：「致芳玲，冀望快快再來紐約，否則在她成行前，我將死去！」（To Fang-Ling ─ with instructions to come back to New York soon or I'll be dead before she makes it！）她這個最後題獻，宛如預告自己的訃聞。不到半年，我的書籍出版，而荷琳已神智不清地躺在病床上，不久即離開人世。與她交情深厚的鄰居妮娜日後對我提起，自我離去後，殘弱的荷琳數度向她表示自己覺得油盡燈枯，沒有活下去的動力。她臥病後根本無法握筆，我那幾本書上的題贈應該是荷琳生前留下所能辨識的最後字跡。我總遺憾沒有在她死前親贈我的書，卻也慶幸我

Courtesy of Nina Nordlicht

們能在她生命的末期交會，一同分享對書、對書店、對書寫的熱愛。

我仍舊收藏荷琳的作品，特別是《查靈歌斯路84號》這本書，我就擁有多種英文版本、英國版、美國版、精裝本、平裝本以及舞台劇的腳本。幾乎每到一個書店，只要看到封面、編排不一樣者，我就會買下。許多人不解我何以重複購買內文完全相同的書？我自慚可能是下意識中，希望經由這個搜尋、購買的過程，與離開人世的荷琳依然有所牽連。正如同她曾提過，自己以往越洋郵購的書，其實多半在美國一些書店也都能找到。她卻還是固執地向「馬克士與可漢」訂書，主要是希望藉著信件與書籍的往返，與心儀的倫敦及那些未曾謀面的朋友保持連繫。

至於中文版的翻譯，我已打算放棄了。在讀過數十回她與法蘭克的原文書信後，我只覺得無法用另一種語言來為他們發聲。許多時候，時間、空間、語言的相阻，所引發的並非冷淡、遺忘與隔閡，反而可能激起一股更濃烈的思念與懷舊的情感。正如同法蘭克之於荷琳，荷琳之於我，以及查靈歌斯路84號之於所有熱愛書店的人。（初稿發表於2001年3月）

當 我與荷琳在72東街305號的公寓建築前互道珍重時，她的鄰居好友妮娜正好在場，妮娜不僅細心地替荷琳扣好鈕扣、抹去她嘴角上的口水，並替我們兩人留下這張合照。老煙槍的荷琳，自然是煙不離手。

荷 琳去世幾天後，鄰居妮娜忍痛到荷琳的小公寓拍下幾張室內照，企圖藉著影象中的景物，留住對好友的記憶。圖為荷琳常坐的沙發，茶几上放著她的書冊、太陽眼鏡及最愛喝的馬丁尼。

Courtesy of Nina Nordlicht

Book Places

A Book of Verses underneath the Bough,
A Jug of Wine, a Loaf of Bread — and Thou
Beside me singing in the Wilderness —
Oh, Wilderness were Paradise enow!

——The Rubáiyát of Omar Khayyám
Rendered into English by Edward Fitzgerald

樹蔭下放著一卷詩章，
一瓶葡萄美酒，一點乾糧，
有你在這荒原中傍我歡歌——
荒原呀，啊，便是天堂！

——摘自奧瑪‧開儼，《魯拜集》。

隨處與書相逢
Encounters with Books Everywhere

書房裡有書不夠，客廳、餐廳、廚房、臥房全都得有書。外出最好
也能見得到書。任何地方都能、也都該賣書。
哪怕小小一區或少少幾本，擺了書，氣氛就是不一樣。

真正的愛書人無時無刻都會進行他們所感興趣的活動──閱讀。據史上記載，嗜好讀書的拿破崙大帝（Napoleon Bonaparte，1769~1821）甚至在他的馬車裡擺置了一個書架，以便在乘坐時可以讀書。如果馬車行進中都能閱讀，那麼當他的兒子躺在他身旁熟睡時，更是閱讀的好時機。

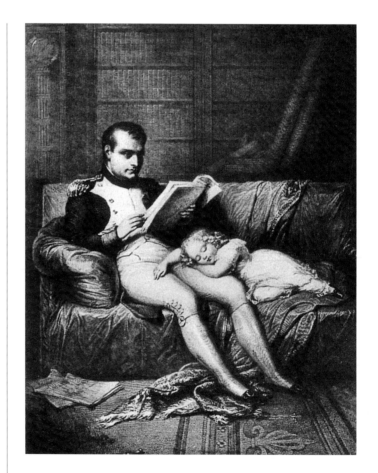

在《愛書狂的解剖學》（*The Anatomy of Bibliomania*）一書中，博學多聞的英國作家霍布克·傑克森（Holbrook Jackson）堅稱書籍在任何地方、任何時間都可以被閱讀。一個天生的讀者無時無

英國的大文豪奧斯卡·王爾德（Oscar Wilde，1854~1900）因同性戀罪名而兩度入獄。1895年4月當他被羈押時，倫敦的一份畫刊登出這張王爾德在鐵窗內的素描插圖，並且附上一段話：「你是否能想像王爾德這樣性情的人，所遭受的心靈與肉體折磨會是什麼？」圖中的王爾德斜坐在扶手椅上，左手握著一份報紙，地上還攤著一本書。現實的狀況是，獄中既無扶手椅，更別說報紙了，他正式服刑後的前幾個月，也只能接觸到獄中圖書館的低俗讀物。

地皆能讀書，對真正的愛書人來說，任何地方都可以稱之為書房。傑克森本人就是個不折不扣的愛書狂，他同時還舉證歷歷，從戰場中的亞歷山大大帝、拿破崙身繫囹圄裡的奧斯卡·王爾德與湯瑪斯·摩爾（Thomas Moore）；從航行中的麥考萊（Thomas Babington Macaulay）到馬背上的「阿拉伯的勞倫斯」；或是從餐桌前的約翰生博士、查爾斯·蘭姆到游泳前赤身於岩石上的雪萊，這些愛書人在看似艱困或不便的場所，依然可以進行著他們最感興趣的活動——閱讀。

在視線所及之處看得到書

書籍與人類及空間的關係是個有意思的主題。據我多年的觀察，一般愛書人對於閱讀，或許不至於到如此專注癡狂的地步，卻無不希望隨時隨地都能「看書」──在視線所及之處看得到書。以我個人來說，書房裡有書不夠，客廳、餐廳、廚房、臥房、浴室、儲藏室全都得有書。外出最好也能見得到書。我把瀏覽他人（識與不識者）的書當成一種消遣與樂趣。如果到朋友家造訪，一定先站在書架前仔細打量。此外，我還經常翻閱西方建築、裝潢類的書籍與雜誌，倒非我關心現今流行的趨勢是偏向極簡風格或走復古路線，而是我喜歡欣賞其中有關他人家中書房的介紹與擺設。有時，我甚至會瞇起眼睛，企圖辨識屋主的書架或書桌上的書種為何，看到自己也有的書時，總不禁發出會心的微笑。

這種或許會被喻為另類偷窺的行徑，原來並非我

所獨有。1999年2月8日那期《紐約客》（*New Yorker*）雜誌第66頁刊登了一張照片，畫面裡是一個古典的雕花木質書架，最讓人豔羨的是架上密密實實地擺滿了令人垂涎三尺的古籍。隱約看得出，書種多半屬於印刷、出版類，顯然是某學者的藏書。這張照片立刻引發一群歐美書蟲的讚嘆，並在網路上熱切地討論起藏書的主人可能會是誰？同時還從書脊的圖案、顏色、裝訂、尺寸與模糊的字體來研判架上有什麼書？頓時間彷彿成了個益智猜謎遊戲。最後有人指出，這張照片更早曾出現在1995年出版的一本書：《在家與書為伍》（*At Home with Books*）中，也因此確認書主是英國的書籍史與字體學專家尼古拉斯‧巴可（Nicolas Barker）。巴可曾任大英圖書館古籍維護部門主管，為英國一流專業雜誌《藏書家》（*The Book Collector*）的編輯。他更是西方古書界最知名的工具書《藏書家入門》（*ABC*

在 專賣廚具及餐具的精緻商店 Sur La Table 中，能看到由世界九百家供應商所提供的1萬2千5百種相關物件。

for Book Collectors）第七版的修訂者——沒有什麼比書籍的陳列更能透露擁有者的背景與特質了。

一間華廈不管裝潢多新穎，如果裡面沒有擺書，只會讓我覺得枯燥、索然無味。古羅馬哲人西塞羅的名言：「沒有書籍的房間，宛如缺乏靈魂的肉體。」長久以來已成為我的座右銘。《在家與書為伍》及1999年出版的《與書同居》（Living with Books）這兩本書，都是企圖透過圖片與文字展現愛書人如何在自家安置他們的寶貝。我們雖然無法看清一本本的書名，卻有幸遊走於各個「書房」之中，更驚喜地發現，在私密的空間裡，書籍竟能有這麼多別具創意的組合。櫥櫃裡、階梯邊、壁爐中、門檻上、窗台下、浴缸前、馬桶旁……無一不是書籍能棲息的地方。

任何地方都能、也都該賣書

身處公共空間時，我一樣情不自禁地留意書籍的蹤影。在走訪一個城市時，我絕不會錯過當地的圖書館與書店。它們同時成為我評比這個城市的指標。但是一些非傳統的書店，卻往往讓我感覺更為可親。如果說，書店的定義泛指「凡是賣書的店」，那麼，這個世界上其實有著非常非常多的「書店」。街頭轉角的小攤或是便利商店中聊備一格的報章雜誌可以讓它們成為「書店」；機場、車站旅館內販賣土產兼供旅人殺時間的輕鬆讀物小店，當然也是「書店」；博物館內陳售相關主題的禮物、複製品兼書籍的禮品部門，就更有理由被稱為「書店」了。

書店與空間的關係的確能千變萬化：餐廳可以擺起食譜、畫廊可以賣藝術畫冊、旅行社可以出售旅遊指南、茶藝館可以放置各種「茶經」、照相館可以賣攝影集、花店能賣種花蒔草的園藝書、開放的作家故

廚具兼餐具名店 Sur La Table 的內部擺設總是別出心裁。像是胡蘿蔔造型的燈座和小紅辣椒的燈泡，都讓人發出會心微笑。他們還經常把書和其他商品陳列在一起，凸顯出彼此的獨特性與魅力。例如美國著名廚師茱莉雅・查德（Julia Child）談烘培的專書，就放在烤盤區；至於橄欖油瓶則可以成為另一位名廚愛麗絲・瓦特士（Alice Waters）食譜的書擋。（左頁）

這家美不勝收的蠟燭專賣店名為Candelier，裡面有著數以千計的蠟燭、燭臺與家飾用品，曾幾何時，原本主要功能是實用照明的蠟燭，已演變成生活中的裝飾品。

居理當陳列主人的全套著作。這個「書」與「店」的組合可以不斷延伸下去。對於像我這類對書有相當偏執的人，會認為任何地方都能、也都該賣書。哪怕是小小一區或是少少幾本書，店裡擺了書，整個氣氛就是不一樣。書是最好的裝飾品，這個信條不僅適用於居家設計，對於商店同樣奏效。特別是書籍與相關商品的搭配，往往產生相乘的效果。在旅行的過程中，我發現和我持相同想法的人並不在少數。以美國舊金山「聯合廣場」（Union Square）旁一條短短的仕女巷（Maiden Lane）為例，就出現了不少「書店」。

蠟燭店的主人是家具與家飾品設計師，他不僅巧手佈置店面，還特別精挑細選了數百本自己喜歡閱讀的生活風格與裝飾藝術類書籍，和眾多的蠟燭、飾品放在一起。如此的組合，最主要是為了傳達他個人的生活品味。

　　Sur La Table 是個專賣廚具及餐具的精緻聯鎖店。舊金山這家分店在1997年開幕後，立刻引起一陣騷動。即使像我這樣對烹飪並不特別狂熱的人，在踏入這家店後，也不得不發出由衷的讚美，甚至到了流連忘返的地步。在這裡，你能看到由世界九百家供應商所提供的一萬兩千五百種相關物件。從形形色色、各式材質的酒瓶塞、胡椒罐、攪拌器、烤盤，到說不出用途的種種用具。不管實用價值為何，每樣東西都讓我愛不釋手。其中還有一系列銅製的廚具是出自傳承六代的家族手藝。

　　事實上，在以巨幅食物壁畫的烘托下，Sur La Table本身根本就像是個大型的裝置藝術般別緻。在此還可以經常見識到當地大廚師在店內設備完善的廚房中傳授手藝。不過，真正讓Sur La Table有別於其他廚具店的，是地下室佔地不小的圖書區。想當然耳，最適合陳列在這家店裡的，莫過於食譜以及與飲食相關的雜誌。或許因為店中工作人員多半具有專業烹飪技術，書籍都經過特別篩選，因此這裡近千種的出版品，和一般書店中同類型書區比起來，往往還略勝一籌。有些書則依照性質和相關廚具陳列在一起，

位於舊金山市區的這棟圓形藝廊，是當代西方建築大師法蘭克‧洛伊‧萊特在舊金山的唯一設計作品。藝廊中除了販賣藝術品、古董與首飾外，主人更闢出一個小書區，專門販售與萊特相關的建築書。這個貼切的主題書區，不僅是向大師致意，也體現了對歷史的尊重。

凸顯了彼此的獨特性與魅力，更讓人有股衝動，想把兩者都帶回家。

隔鄰的Candelier 同樣是一家美不勝收的店，裡面有著數以千計的蠟燭、燭臺與家飾用品。曾幾何時，原本主要功能是實用照明的蠟燭，卻演變成生活中的裝飾品了。各種造型、尺寸、顏色、氣味的蠟燭相繼而出：有些像樹枝般粗狀，上面有三四個燭心，有些像是誘人的水果，有些甚至可以飄浮在水上。西方家庭在假日時特別喜歡點上蠟燭增添氣氛，柔和的燭光在黑夜中，似乎總是能釋放出神奇的魔力。即使

是在白天，蠟燭也像個優雅的雕塑品。店主人是家具與家飾品的設計師，他不僅巧手佈置店面，還特別精挑細選了數百本自己喜歡閱讀的生活風格與裝飾藝術類書籍，和眾多的蠟燭、飾品放在一起。如此的組合最主要是為了傳達他個人的生活品味。

仕女巷最著名的地標莫過於140號的圓形藝廊。這棟建築物是當代西方建築大師法蘭克・洛伊・萊特（Frank Lloyd Wright，1867～1959）在舊金山的唯一設計作品，完成於1949年，當時是摩里斯禮品店（V. C. Morris Gift Shop）。有別於一般傳統商店

金山市的「布萊特絲布料店」除了賣布,還陳列了不少裁縫類的工具書,以供消費者的即時需要。

的開闊門面,萊特設計了拱圓型的磚牆隧道入口。室內以貝殼狀的螺旋斜坡道連結一到二樓,天花板為大片白色壓克力材質的氣泡狀燈罩。摩里斯禮品店的螺旋坡道讓人立即聯想到晚十年才落成的另一萊特著名設計——紐約市古根漢美術館,一般皆認為前者是後者的實驗先驅。

摩里斯禮品店之後,陸續有其他店家進駐。1998年轉由一個企業體經營的三家藝廊接手。他們在開幕前,敦請與萊特有合作經驗的建築師艾倫·葛林(Aaron Green)將逐漸老舊的建築物悉心修復,再現當年風華。如今藝廊中來自巴里島、非洲、西藏、日本的藝術品、古董與首飾,在萊特原始設計的陳列櫃架上顯得熠熠生輝。藝廊主人除了在其間巧妙地穿插了民俗藝術類別的書籍以呼應經營方向之外,更開闢了一個小書區,專門販售與萊特相關的建築書。這個貼切的主題書區,不僅是向大師致意,也體現了對歷史的尊重。

在藝廊斜對面的「布萊特絲布料店」(Britex Fabrics)是一家已有近半世紀歷史的知名布料店,許多好萊塢電影的戲服均出自於此。這棟四個樓層的長形建築,每一層分門別類陳列出製作服裝及家飾的相關物件。一、二、三樓像是大型的彩虹屋,數千捲布匹極為壯觀地由天花板排到地板,宛如布料博物館。四樓除了三萬多顆各種形狀、顏色、材質的鈕扣以及繁多的緞帶、蕾絲、流蘇等裝飾性配件外,還有一個固定書架與旋轉架,陳列了不少裁縫類的實用工具書。無論是縫紉高手或新手,總能從書上為居家生活找到一些好點子。透過圖文的介紹,似乎縫一個抱枕、剪裁一件襯衫都不是件難事。

唯有自己才是最終的仲裁者

　　或許有人會開始大皺眉頭，這些店家的「書」也能算書嗎？它們多半是「咖啡桌書」（coffee table books）：精美有餘、深度不足，不是什麼偉大的讀物，僅適合擺在家中的咖啡桌上，隨手取來翻翻罷了。這種對書籍的偏見，總會讓我想起英國文學家查爾斯‧蘭姆在他的著作《伊利亞最後隨筆》（*The Last Essays of Elia*）的一個篇章〈書籍與閱讀雜感〉（Detached Thoughts on Book and Reading）中提到，他對於先輩——著名的史學家吉朋（Edward Gibbon）、哲學家休姆（David Hume）、經濟學家

舊　金山「布萊特絲布料店」創業近半世紀，四層樓的賣場宛如布匹博物館，來自世界各地的各種布料，紛列雜陳，美不勝收。遊走在其間，光是鮮豔的色彩，以及疊積到天花板的布匹，就夠讓人嘆為觀止的了。

任 何地方都能、
　　也都該有書。
哪怕是小小一區或是
少少幾本書，只要擺
了書，整個地方的氣
氛就是不一樣了。

亞當・史密斯（Adam Smith）的所有著作都不放在
眼裡，並譏為「不是書的書」（books which are no
books）。他說，每回看到這些「披上書衣的東西」
（things in books' clothing）盤據在架上，就覺得它
們彷彿是篡位的假聖人，往往讓他火氣上升，恨不得
能將它們外面裝訂華麗的摩洛哥皮剝下來，包裹在他
自己收藏的破舊書上。然而吉朋的《羅馬帝國衰亡
錄》、休姆的《人性論》與史密斯的《國富論》卻是
被許多人奉為經典、一讀再讀的書啊！可見一本書是
否有價值、有意思、有深度，實在是極為主觀的看
法，難有一個絕對的標準。

也有人會進一步質疑，書籍的無所不在，只不過
是形體在空間中的流竄罷了。單單是看到書籍的皮
相，這和愛書人如約翰生博士或拿破崙隨時隨處都看
書——看書的內容——扯得上什麼關聯？有如此疑問
的人，我建議最好去讀讀收錄在台灣志文出版社「新
潮文庫」的《讀書的藝術》與《讀書的情趣》中，美
國作家約翰・寇德・拉格曼（John Kord Lagemann）

的兩篇文章。拉格曼在文中描述他那兩個青少年的男孩在假日忙著滑雪、打工與交女朋友之餘，卻還是各自捧讀了托爾斯泰的《戰爭與和平》與米爾頓的《失樂園》。他的妻子總是抱怨家中書籍亂堆。拉格曼承認，咖啡桌上、床邊、窗檻上、浴室和廚房確實是書籍肆虐。但他也得意地表示，到處看得到書，對於兩個小孩無論何地都能讀書的習慣有著相當的影響。

書籍的魅力何在？我以為不外乎它能引領讀者對未知的人事物發生興趣，對已感興趣者進行再探索，在知性與感性之間跳躍，在嚴肅與輕鬆之中穿梭。而這些經驗的美好與否？唯有自己才是最終的仲裁者，他人無從置喙。此外，當我們無論在私密或公共的空間中隨處都能與書相逢，而非得刻意進入傳統正規的書店或圖書館中時，那表示書籍其實已經成為我們生活的一部分，讓我們在不知不覺中上了癮。（初稿發表於2001年7月）

當我們隨處都能與書相逢，而非得刻意進入傳統正規的書店或圖書館中時，那表示書籍其實已經成為我們生活中密不可分的一部分了。

機場書店
Airport Bookstores

在機場內賣新書不稀奇,賣二手書則是前所未見的了!
更讓人大開眼界的是,「書窖」不僅賣書,同時
也向過往旅客收購讀完的書。

舊 金山國際機場的「WH史密斯書店」是英國著名連鎖書店的分店,不僅設計新穎,陳列的書籍還不乏水準之作。店中一角並附有咖啡區,販賣飲料和糕點。

一般人旅行時,隨身攜帶的行李中,除了錢、信用卡、手機以外,還會放些什麼應急的小東西呢?腸胃藥,阿斯匹靈,萬金油?還是牙線,牙刷,充飢餅乾或是催淚瓦斯?對於一個像我這樣上了書癮的人來說,不管行李再怎麼滿,也得隨手塞下幾本書和雜誌!

救濟無聊的書店

一般長途飛行，機艙上多半有航空公司發行的旅遊雜誌，另外還附些報紙與大眾化的新聞及休閒類雜誌。只不過書刊數量有限，有時想看也拿不到。特別是，這幾年經濟衰退，航空公司精簡成本，我留意機艙上的報刊類型愈來愈少。有時上飛機不到兩小時，我已經把所有能讀的都讀完了。無書的旅程對我簡直就是個漫長的煎熬，和我有深有同感的人必然不在少數。這也難怪幾乎大大小小的機場都設有書報攤，方便沒有帶書的旅人臨上飛機前能採買一些讀物。當

我第一回到北卡，停留不到一星期，但卻把羅麗、德倫、教堂丘三個鄰近姊妹市的書店都逛遍了。圖為德倫的一家書店，取名為「好價錢書店」（Nice Price Books），書價確實挺便宜的。

機場的書報攤多數都很相似：空間不大、裝潢陽春。裡面擠著一堆報刊雜誌、風景明信片、紀念品，書籍反而比較像是配角。

然，有更多人在此買書，那是因為班機誤點，只好被迫困在機場內看書殺時間。

機場的書報攤多數都很相似：空間不大、裝潢陽春。裡面擠著一堆報刊雜誌、風景明信片、紀念品，書籍反而比較像是配角。有限的書種自然不能和一般書店相比，多半只是一些通俗暢銷書和旅遊指南。挑食的我，總要事先準備適合自己脾胃的精神食糧，因此與機場書店無甚緣分。

然而，某些大型國際機場中，偶爾倒也出現頗具特色的書店。舊金山國際機場出境廳旁的「史密斯書店」（WHSmith Books）就讓我眼睛一亮。這家由英國著名連鎖書店所開設的分店，不僅設計新穎，陳列的書籍還不乏水準之作。店中一角並附有咖啡區，販賣飲料和糕點。優雅的氣氛讓行色匆匆的旅人也不禁減緩腳步，放鬆心情下來。

印象最深刻的機場書店

不過，最最最令我印象深刻的機場書店，應該是在美國的北卡羅萊納州。2001年夏天，距離「九一一恐怖事件」發生前幾個星期，我在紐約停留一段時

除了二手書以外，書窖還販售一些上百美元的絕版老地圖和古董版畫，這類珍貴圖冊當然也能吸引不少講究質感的旅客。

書窖不僅在機場賣書，同時也向過往的旅客收購讀完的書。不少人在飛行時讀完了手邊的書卻又無意保存，這項服務正好可以減輕旅人們的行李重量，還可達到物盡其用的目的。書窖提供如此多元化的營業型態，和街道上具規模的二手書店沒甚兩樣。

間後，動身前往南方的北卡羅萊納州（以下簡稱「北卡」）。生平第一回到北卡，主要是去探訪杜克大學某位教授的大批藏書。由於抵達羅麗 - 德倫機場（Raleigh-Durham Airport）時沒看到託運的行李，又找不到服務人員詢問，對這機場的初始印象頗差。

　　幸而和教授碰了面，相談甚歡。停留不到一星期又把羅麗、都倫、教堂丘（Chapel Hill）這三個鄰近姊妹市的書店都逛遍了，臨走前還買了幾本廉價好書。當我情緒高昂地帶著戰利品，到機場準備搭機返回西岸時，擴音器卻傳來消息：班機因機械問題，需延遲兩小時起飛。我頓時感覺龍困淺灘，一邊嘀咕這機場和我不對盤，一邊正打算把買來的書攤開來消磨之際，卻赫然發現登機門外的候機區旁，有家名為「書窖」（The Book Cellar）的書店。

　　這書店不只名號別致，門面看起來，也和一般單調的機場書店不大相同。走進店中一看，竟然都是二手書，而且類型極為廣泛，連古典小說、藝術書、兒童繪本這些一般機場書店難得一見的書籍都有小專區——在機場內賣新書不稀奇，賣二手書則是見所未見的了。書籍以外，書窖還販售一些上百美元的絕版老

地圖和古董版畫，這類珍貴圖冊當然也能吸引不少講究質感的旅客。

　　書窖另一個讓人大開眼界的特色是，它不僅賣書，同時也向過往的旅客收購讀完的書。在機場內如此經營二手書買賣，確實是一個聰明的點子。不少人在旅途中讀完了手邊的書卻又無意保存，這項收購服務正好可以減輕他們的行李重量，還可達到物盡其用的目的。書窖提供如此多元化的營業型態，根本就和街道上具規模的二手書店沒甚兩樣。北卡的整體書店景觀也許比不上紐約或加州，書窖的存在卻改變了人們對一般機場書店的刻板印象。而我原本在羅麗-都倫機場的不悅滯留，竟也因為這家書店，而轉化成了一次美麗的邂逅。

中國時報資料照片，鄭履中 攝

音 樂劇《貓》，因為機場書店隨手買下的一本書而有了創作靈感，如果以其後來演出場次跟賣座情況來看，這本機場小書的投資報酬率，該是空前絕後的了。圖為該劇在台北上演時的綵排劇照。

從機場書店跑出來的《貓》

世界上大概沒有人真的會專程到機場去買書。人們對機場書店向來不會存有過多的期盼與幻想。只要能從其中隨手抓幾本書刊，達到消遣的目的，就是旅人對它們的最基本要求。只不過，在眾多面目模糊的機場書店中，依然存在一些讓人驚喜的異數，平庸的書種中，也可能會閃現出幾本優質作品。

安德魯・洛伊・韋伯（Andrew Lloyd Webber）一定沒想到，1972年他在某個機場書店所買下的一本艾略特（T. S. Eliot）的詩集《老負鼠談世上的貓》（*Old Possum's Book of Practical Cats*），竟然勾起了兒時母親為他朗讀其中篇章的記憶，並在搭機閱讀時，產生了創作音樂劇《貓》（*Cats*）的靈感。1981年5月11日，《貓》劇在英國倫敦市的「新倫敦劇院」（New London Theater）首演，艾略特的詩加上韋伯的音樂，自此成就了一則不朽的傳奇。誰會料到這齣音樂劇史上表演最久、全球最賣座的劇目，竟然是因為一家機場書店而誕生的？！（初稿發表於2004年3月）

電影中的書店風景
Bookstore Scenes in Film

電影中的書店風景泰半朦朦朧朧：
多了一些浪漫、少了一點辛酸；
多了幾分美感、少了幾許傷感。
這只能說，書店在我們的心目中，
象徵著一個理想的空間、一個避風港。

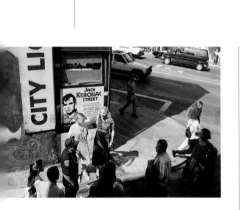

書店中的風景，往往成為電影中的風景。圖為電影《美人魚》女主角德瑞‧漢娜（Daryl Hannah）正在舊金山地標書店「城市之光」（City Lights Books）前拍片的情景。

在不少西方社會中，開一家書店，似乎總被認為是種浪漫的行徑。無論是在大城市的一個小角落或是在偏遠郊區的小鎮上，一間滿塞著書籍的書店，加上一位或是學究味十足、或是性情特異的店主人，也許再配上一隻睡臥在書堆上的慵懶貓咪，往往會讓人油然生起一股平和喜樂之心，腦中還會產生不少遐想。每一本書的封面都是一扇門，而這書店的主人是否每日在不同的世界中穿梭呢？

書店很自然地成了西方電影中經常出現的場景，特別是這些年，出現的幾部知名西方電影如《電子情書》（You've got mail）、《新娘百分百》（Notting

Hill)、《情書千萬縷》（*Love Letters*）、《美麗人生》（*Life is Beautiful*）、《鬼上門》（*The Ninth Gate*）等，正巧都以書店主人為主角或是以書店為背景。不論他們是虛構的或存在於現實中，我們都能從其間的片段，看到一些文化現象或是讀出幾則故事。

書店經營雖然不是獲利甚高的行業，在歐美卻受到普遍的敬重，這可以由一般人喜歡以書當禮物的情形觀之。聖誕節、生日、情人節、結婚週年紀念日，這些喜慶節日都是送禮的好時機，送者誠意十足、受者心存感激。當然，書種最好能投其所好，若是拿不定主意要買什麼書，西方多的是適於當禮品的「咖啡

無論電影拍得好不好，只要是片中有關於書店的場景，都能吸引我的注意，有些時候我甚至會仔細調查，電影中的書店是否存在於現實當中。

麗·史翠普及勞勃·迪尼諾多年前合演的文藝愛情片《墜入情網》，內容是有關一對各自都有婚約的熟年男女，因為在書店的一次意外觸碰，而引發出的一段婚外情。電影的開始、高潮到結尾，全都以書店為背景。（《墜入情網》DVD劇照，巨圖科技公司提供）

桌書」，這類書泛指依某一特定主題企劃製作的大開本書籍，裡面圖文各半，以設計、印刷、裝訂精美為主，適合一般人擺在家中的咖啡桌上展示，或是隨手取來翻閱。

在書店《墜入情網》

　　每年12月是歐美書店業的旺季，特別是在聖誕節前幾天，一些大眾化的書店經常出現洶湧人潮，其盛況就像是台灣百貨公司週年慶打折時的熱鬧景象，一家書店在這段期間的營業額，說不定可能佔了全年

的三分之一收益，書商們熱烈期盼聖誕節的心情，就如同孩童等著接收聖誕老公公的禮物一樣。

梅麗・史翠普及勞勃・迪尼諾十多年前合演的文藝愛情片《墜入情網》（Falling in Love），一開始就是描述兩人在聖誕節前到「瑞柔麗書店」（Rizzoli Books）為各自的配偶買書當聖誕禮物。兩個原本不相識的已婚男女手上拎著大包小包，走出店門時撞個正著，因而有了第一次不經意的接觸。聖誕夜拆禮物時，迪尼諾喜愛園藝的太太打開包裝紙後，看到的是一本《航海指南》（The Big Book of Sailing）；而史翠普的醫生丈夫則一頭霧水地望著手上的《四季花園》（Gardens of All Season），原來雙方在碰撞中拿錯了書。故事從這裡開展下去，兩本對調的書使雙方平凡的生活開始變調。他們不可自拔地相戀，在書店幽會，接著是忍痛分離，最後偶然重逢，依然是在耶誕季、在瑞柔麗。

紐約市的「瑞柔麗書店」是由義大利的同名出版集團所開設，本來就以精緻著稱，向來吸引白領階級與雅痞族，如今又因為電影《墜入情網》以其為背景而知名度大增。

在伍迪·艾倫導演的影片《漢娜姐妹》中，有一段是麥高·肯恩與芭芭拉·荷希兩人於書店內一面挑書、一面含蓄調情，爾後在書店外告別的片段。多年前某個傍晚，我在紐約市蘇荷區的一家書店買了幾張有著精美圖像的老印刷品，臨走前歡喜地拍了張書店的照片留念，日後看《漢娜姐妹》時，赫然發現那正是片中所出現的書店場景。

以瑞柔麗作為電影場景當然是很高明的選擇。這家書店隸屬義大利同名的出版集團，以出版藝術與生活風格類的書籍著稱，店內雖然有不同書種，但還是以販售此類書籍為主。雖然瑞柔麗書店是一個連鎖企業，但是家數不多，而且間間精緻有特色，是不少美國白領階級購買禮物書常光顧的地方之一。浪漫故事的起始、高潮與終結皆設定在此，頗具說服力。

《墜入情網》影片中那家書店是瑞柔麗的旗艦店，原本位於紐約市第五大道上的高級百貨公司 Henri Bendel 的現在位址，數年前才搬到轉角的街上。中庭挑高的空間依舊美侖美奐，天花板上有著細緻繁複的浮雕。木頭書架還特別上了高雅的金漆裝飾，華麗而不俗氣，書店本身就像是件藝術品似的。

伍迪·艾倫鏡頭下的書店

除了這家書店外，紐約市有不少書店也出現在電影中。眼尖的伍迪·艾倫迷在觀賞他執導的影片

時，一定會發現他幾乎少不了以書房與書店來烘托戲中人物的特質，輔助劇情的發展。電影《安妮霍爾》（*Anne Hall*）中，艾倫與初識不久的黛安·基頓到書店挑選關於死亡主題的書，並向崇拜他的基頓滔滔不絕地賣弄他對死亡的看法。《曼哈頓》（*Manhattan*）影片裡，艾倫在書店裡對著找書的好友絮絮叨叨地抱怨生活的不順遂。爾後，他又在另一家書店中憤憤地買了前妻出版的書籍，書裡有著對他不堪的描述。

《漢娜姐妹》（*Hannah and Her Sisters*）裡的一幕書店場景最令我印象深刻。片中麥高·肯恩在書店中假裝不經意挑選詩人康明斯（e. e. cummings，1894～1962，康明斯偏好將名字及詩作以小寫表示）的作品給飾演其小姨子的芭芭拉·荷希，倆人在密密實實、安安靜靜的書架中穿梭的對手戲，將彼此壓抑的激情以含蓄挑逗的方式表達得淋漓盡致，堪稱調情戲的代表。伍迪·艾倫以剖析、嘲諷略帶神經質、對現實生活無能的現代知識份子著稱，書店場景幾乎成為影片的必要元素。的確，有什麼地方比書店更能彰顯這類族群經意或不經意流露出的自負與自卑呢？

即便在輕鬆的音樂劇影片《大家都說我愛你》（*Everyone Says I Love You*）中，他還是先後安排了兩家紐約上城的書店：Books & Co. 及「角落書店」（The Corner Bookstore）在開場不久時出現。角落書店還曾出現在另一部電影《潮浪王子》（*The Prince of Tides*）中，劇中男主角尼克·諾特就是在此買到妹妹以筆名出版的童書。這家店至今依然存在於麥迪遜大道上。

同一條街上的Books & Co. 是伍迪·艾倫經常光顧的地方，惠特尼美術館與它比鄰而居，還是它的房東。這兩個文化景點的聚合曾經傳為佳話。書店創

Photo by Joyce Ravid, courtesy of Jeannette Watson

紐約市的書店Books & Co.是伍迪・艾倫經常光顧的地方，也曾經出現在他導演的一部電影中。由於創辦人珍奈・華生（右）推動文學不遺餘力，因此書店成了紐約市小有名氣的藝文沙龍，並吸引諸多名流，如賈桂琳・甘迺迪、吉米・卡特等人現身。這家店在經營20年後關閉。女作家Lynne Tillman特別寫了一本傳記《書店》（Bookstore）紀錄珍奈・華生的書店生涯（上）。

辦人之一是位雅好文學的女士珍奈・華生（Jeannette Watson）。她的父親湯瑪斯・華生（Thomas Watson）是將IBM打造成電腦界藍色巨人的前任總裁，後來並成為美國駐蘇俄大使。帶著父親借給她的十五萬美金及自己的積蓄，華生女士在1977年與另一位合夥人開了這家書店。由於店中經常舉辦高雅的藝文活動、新書發表會，乃漸漸變成紐約市的藝文沙龍，吸引諸多作家、藝術家及社會名流如賈桂琳・甘迺迪、吉米・卡特等人聚集。

湯瑪斯・華生所寫的暢銷回憶錄《父子情深》

Photo by Joyce Ravid, courtesy of Jeannette Watson

（*Father, Son and Co.：My Life at IBM and Beyond*）出版時，當然在女兒的書店舉辦簽名會。老華生一開始打算坐在一樓收銀台旁邊，原因是他擔心讀者會拿了書就走，忘了付賬。最後他還是在珍奈的勸說下安坐在二樓，結果吸引了數百名前後期IBM員工及仰慕者等待簽名。

　　老華生對書店這一行或許所知不多，搞行銷出身的他，卻曾經給了女兒一個中肯的良心建議，那就是得買下書店所在的建築。可惜這個建議沒被採納，以致遭受以折扣戰取勝的新興超級連鎖書店威脅，且房東惠特尼美術館要求租金上漲的情勢下，曾經風光一時的 Books ＆ Co.終於在1997年經營二十年後歇業。一本紀錄珍奈與Books ＆ Co.歷史的傳記《書店》（*Bookstore：The Life and Times of Jeannette Watson and Books ＆ Co.*）在兩年後出版。伍迪·艾倫特別作序，文中談到他與這家書店的親密關係。

真的是老兵不死，珍奈·華生在Books ＆ Co. 關閉幾年以後，又於2001年8月買下另一家書店 Lenox Hill Bookstore，再度成為書店主人，看來賣書也是會上癮的。她這家新書店已經成為我下回到紐約時，第一個想拜訪的目標。

傳記中描述，二十年來向來注重隱私的艾倫從未特別與店員搭訕，但是當他得知書店有難時，卻熱心地表達協助之意，並曾寫信向惠特尼美術館說情。

珍奈在痛失一手創立的書店後，蟄伏了半年。離開書店期間，她覺得自己彷如喪失了自我認同。最後在克服心理障礙下（畢竟她也曾是書店業的女王蜂啊！她在傳記中這麼提到），接受了角落書店主人的邀約，在他們經營的另一家書店Lenox Hill Bookstore工作，一週兩天，繼續散播她對書籍之愛，許多老主顧也跟著上門。我最近在網路上注意到一則短訊，得知珍奈剛剛買下這家書店，再度成為書店主人，想來紐約市的書店傳奇又將添一章——伍迪·艾倫在拍《大家都說我愛你》時，肯定沒料到片中出現的兩家書店竟然在數年後發生了如此戲劇性的交會。

獨立書店vs.超級連鎖書店

另一位知名電影人娜拉·艾芙朗（Nora Ephron）和伍迪·艾倫一樣是個紐約客，並且同樣喜歡逛書店。她早年編寫的成名喜劇片《當哈利遇上莎莉》（When Harry met Sally）中，男女歡喜冤家相識十年後二度碰面的場景就是以紐約市一家知名的書店「莎士比亞」（Shakespeare & Company）為場景。

艾芙朗1998年自編自導的通俗電影《電子情書》，更進一步以紐約市一家獨立書店與超級連鎖書店的衝突作為劇情主軸。劇中一家兒童書店「Shop around the Corner」（也叫「角落書店」）的第二代經營者凱瑟琳·凱莉，原本開心地守著母親留下來的小店，誰知附近卻進駐了一家由喬·福克斯家族所掌控的超級連鎖書店，以寬敞的空間、低廉的折扣及飄香的咖啡座為號召，導致兒童書店的營業額節節下

近年來以書店為背景所拍攝的電影中，要屬《電子情書》最為有名了。片中以美國紐約市一家獨立兒童書店與超級連鎖書店的衝突作為劇情主軸。劇中的兒童書店雖然是在攝影棚中搭出的，但編劇兼導演娜拉·艾芙朗卻是以真實的「驚奇書店」作為原型。

滑。凱瑟琳與喬在白天是敵對的競爭者，夜晚卻熱切地以電子郵件交流，只是彼此都不知對方的身分。劇情發展到最後，兒童書店無奈地結束營業了，兩人的愛情卻開始滋長。

對美國書店業有所了解的人一看就知道，片中的「福克斯書店」（Fox Books）是以「邦斯與諾伯」及「博得」兩家超級連鎖書店的混合體作為藍本。事實上，那家兒童書店也一樣有所本。去過紐約「驚奇書店」（Books of Wonder）的人，一定會覺得影片中的兒童書店很眼熟。沒錯！編劇兼導演娜拉·艾芙朗正是以驚奇書店作為原型的，兩家書店不論是書架、書籍的擺設方式，甚至連店中的色調都極其相似。位於紐約下城的驚奇書店是全美極其知名的兒童書店兼出版社，裡面除了一般的兒童書之外，還有值得收藏的絕版老書。影片中兒童書店的書籍，不少都是由驚奇書店所提供。飾演凱瑟琳的梅格·萊恩在拍片前，

「驚奇書店」是美國著名的兒童書店，裡面就和電影《電子情書》中所描述一般，有溫馨可人的擺設和知識豐富的店員，同時也販賣絕版的童書。飾演兒童書店主人的梅格·萊恩在拍片前，曾到這家店裡見習半天。

影片《當哈利遇上莎莉》中，男女主角二度碰面的地方，就是以紐約知名書店「莎士比亞」為場景。

還到店裡見習了大半天。

　　一些看過這部片子的美國獨立書商和我聊起來時，對於影片的評價一般而已，不少人為凱瑟琳所下的評語是：「She gave it up too easily!」（她太輕易就放棄了！）要讓一個專業的獨立書商棄守，的確不是太容易。賣書也是會上癮的，想想看珍奈・華生的例子就能理解。我倒是不禁聯想，如果《電子情書》有續集，景況該會是如何？凱瑟琳會不會就和喬結婚，安安穩穩地當起福克斯書店的老闆娘？還是捲起袖子、自己下海到兒童書區當超級店員，順便教育起一問三不知的店員？又或許她會軟硬兼施地要財力雄厚的喬幫忙重建她的兒童書店，反正兩人這會兒已不算是競爭者。幫助心愛的人完成理想總是美事一樁，如果覺得兩家書店距離太近，沒關係，曼哈頓大得很，換個角落不就成了！

　　現實環境裡，這種愛的故事或羅曼史的發生機率大概不高，我所聽到的大多是比較具戰鬥力的做法。為了對抗超級連鎖書店與網路書店，美國獨立書商在其所組成的「書商協會」（American Booksellers Association，以下簡稱ABA）的號召下，自1999年

起，集體設立了一個聯合網站booksense.com，他們希望讀者透過這個網站能輕易查詢到鄰近的獨立書店，或連結到他們個別的網站，並可以下單訂書。聯合網站中，同時提供獨立書商票選出來的推薦書單及書商們的讀後心得，以別於一般均倚賴連鎖書店銷售數據的報章雜誌排行榜。這個同中求異、異中求同的聯合網站到底能達成什麼樣的效應？非常值得觀察。

沒有贏家的書店戰爭？

兩大類型書店間真正的白熱化衝突，應該起始於1994年5月，ABA代表四千五百位美國獨立書商，控訴藍燈書屋、聖馬丁等六家大型出版社給予超級連鎖書店及圖書量販俱樂部片面優惠折扣與較佳的付款

書店經營雖然不是獲利甚高的行業，但是在歐美卻受到普遍的敬重。一些有個性的人更是喜歡開一間有個性的書店，也因此在這個世界開展出一幅幅美麗的風景。

條件，以致獨立書店處於不平等的立足點。後來，幾家出版社紛紛與ABA和解。1997年9月，美國企鵝出版社並同意付給ABA及其會員兩千五百萬美元，創下美國反托辣斯歧視法案史上最高的和解金。和解金的一半歸ABA，以支付龐大的訴訟費用；另一半依照交易量按比例付給與出版社有生意往來的書商。

打贏了這場漂亮的勝戰之後，第二年3月，ABA與二十六家書店聯名，轉而直接控訴兩大超級連鎖書店「邦斯與諾伯」及「博得」，指控它們迫使出版社與經銷商給予其優惠折扣與付款條件，如此不公平的競爭讓許多獨立書店生意嚴重受損或結束營業。此案拖了三年後，在今年4月達成和解，只不過被告只需支付原告四百七十萬美元。這個被雙方都宣稱勝利的結果，在外圍人士看來，其實是雙輸局面，最大贏家應是兩造的律師。一些獨立書商也很憤怒，ABA竟然在花了近一千八百萬美元訴訟費後就此罷手。ABA卻聲明，整體而言，他們還是贏家，這兩場訴訟下來，至少已經使得長久以來的不公平折扣大幅降低，獨立書商因而有較健康的的生存環境。

或許有人會以為，美國這場書店之戰不過就是商

場上的另一場競爭罷了，誰勝誰負又如何？有些人甚至覺得獨立書商根本是輸不起，無法通過資本主義裡物競天擇的考驗。然而，多數西方有識之士還是認為這場戰役當屬文化之戰，因為不少獨立書店是由有個性、有品味、不隨俗的人所主導，他們所選擇陳售的書籍與超級連鎖書店常有極大差異。後者往往大量訂購一些所謂的「暢銷書」，以便從出版社取得較低折扣，因此連鎖書店雖遍及全國各鄉鎮，書種卻幾乎都一模一樣。如果任由他們繼續以低價策略競爭，導致各形各色的獨立書店關門，無疑會削減文化多元性，造成社會整體的一大損失。這也正是為什麼不少歐陸的書店業，一直到現在都還是「嚴禁折扣」的主因。

真實的書店風景畢竟不全然單純優美。其中有艱苦、有衝突，電影中（以及人們印象中）書店風景泰半朦朦朧朧：多了一些浪漫、少了一點辛酸；多了幾分美感、少了幾許傷感。這只能說，書店在我們的心目中，象徵著一個理想的空間、一個避風港。也正因為如此，這世界上才依然有人前仆後繼地在各個角落營造出一幅幅的書店風景，而電影中也不時地閃現這些風景的片段。（初稿發表於2001年11月）

古書嘉年華
Exploring Antiquarian Book Fairs

我在古書展中，出手買書的次數並不多，卻總還是欣然參加。
在這裡，你可以見識到眾多書商的精心收藏，磨練鑑賞的眼光。
純欣賞就是一件樂事，喜歡並不一定要擁有。

一個對書癡迷的人，除了平常就習慣駐足於書店、書攤之外，碰到了書展更是不會放過。全世界大大小小的書展多不勝數，由於工作的需求，我曾參加過不少類型的書展。像規模居全球之冠的「德國法蘭克福書展」、「美國書籍博覽會」、「義大利波隆納兒童書展」等，但是這些書展多半以版權交易，或是同業間大批訂購書籍為主，並非直接訴求普羅大眾。

第十六屆國際古董書書展於1996年在美國舊金山舉行。這個「書展中的書展」，每兩年由深孚眾望的古董書商組成委員會，邀集全世界頂級書商共聚一堂。圖為籌備此次書展的委員會成員，清一色為男士，讓人很容易理解為什麼古董書經營常被稱為「紳士的行業」（gentlemen's business）。圖中女士並非書商，而是書展經理。

國際古董書書展每兩年在不同城市舉辦，1996年第十六屆書展選在舊金山，這張是該屆的海報，以書籍製作而成的地球儀，象徵書籍與地球一樣古老而雋永。

　　台灣人熟悉的書展形式，應該算是每年年初的「台北國際書展」了。這個書展雖然名之為「國際」，也希望能達到版權交易的目的，實質上，參展的單位多數還是台灣的出版社。主要也不外乎向一般消費者強力促銷自家出版品而已。每回走進世貿中心的會場，就彷彿像陷入大型百貨公司週年慶的瘋狂折扣戰之中。每個攤位都堆滿了五顏六色、各式各樣的書籍，從七八折的新書到二三折的回頭書觸目可及。整個會場人潮洶湧，一片鬧哄哄，讓人但覺得頭昏腦脹、心浮氣躁，買書、看書這等原屬風雅之事，頓時樂趣盡失！

我 最常參加的古書展是由美國古董書商協會在舊金山所舉辦的加州國際古董書展。會場入口總是依照慣例陳列以書為造型的巨幅海報及裝飾。

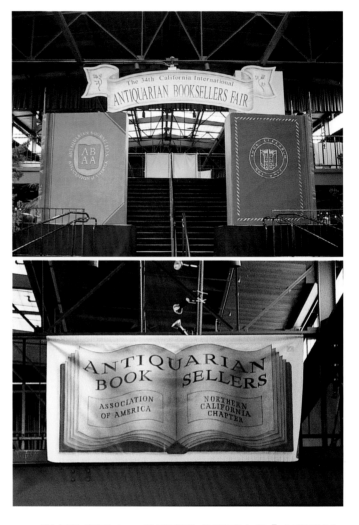

所有的書展中，我最喜歡參與西方的「古董書展」（antiquarian bookfair）。這類書展所陳售的，都是幾十年前，甚至幾百年前的絕版古書。會來設攤參展的，多半也並非出版社，而是有著特殊收藏與品味的一個個書商；前來參訪與會者，則幾乎人人都是嗜好藏書的愛書人。古董書展當然也有分等級，其中最受矚目、最具水準的當屬由「國際古董書商聯盟」（ International League of Antiquarian Booksellers，以下簡稱ILAB）兩年一度、輪流在歐美重要城市舉辦的「ILAB書展」、英國的「古董書商

協會」（Antiquarian Booksellers' Association，以下簡稱ABA）固定每年6月與11月在倫敦揭幕的「ＡＢＡ書展」，以及「美國古董書商協會」（Antiquarian Booksellers' Association of America，以下簡稱ABAA）每年2月在加州、4月在紐約、11月在波士頓定期定點召開的「ABAA書展」。

在這些國際級的古董書展中，你可以看到，來自世界各地的一流古董書商驕傲地展示他們的珍藏古書。所有書商都是協會會員，這表示他們在業界裡，都有一定的資歷，且敬謹遵守協會法規，凡所出售的書籍都有品質保證，如果消費者覺得有問題，在一定期限內都可以退換。

喜歡並不一定要擁有

對於只想撿便宜貨的人而言，這類高檔書展可能

風　雅的西方古董書展是我最愛的書展，這類書展陳售的書籍大都是絕版古書或製作精美的珍本書，所以設攤展覽的單位並非出版社，而是有特殊收藏與品味的個別書商，來訪者則幾乎都是有藏書嗜好的愛書人。

不是最佳去處。因為多數展售的古書,都是書商們從庫存中精挑細選出來的珍品。價格從數十美元一直到數萬美元、甚至數十萬美元不等。當然,偶爾還是會出現一些價廉物美的書籍,不過,那真的是可遇而不可求了。

坦白說,我在古書展中,出手買書的次數與本數並不多,卻總還是欣然參加,理由無他,在這裡,你可以一次見識到眾多書商的精心收藏,藉以開拓、磨練書籍鑑賞的眼光。很多時候,純欣賞就是一件樂事,喜歡並不一定要擁有。能夠親眼看到一些18、19世紀的書籍,竟然在歷經上百年之後,摩洛哥皮革封面還能泛出光澤、內頁插畫依然色彩鮮豔奪目,實在是讓人驚嘆不已!古董書的經營向來被稱為「紳士的行業」(gentlemen's business),多數書商無不溫文有禮,即使面對像我這樣「旨在瀏覽,不在購買」的訪客,也絕不會冷眼對待。

我最近參加的一場國際級古董書展,是ABAA所舉辦的「第36屆美國加州國際古書展」,於2003年2月7日到9日在舊金山舉行,總共有來自世界各地的240家書商參展。在這場古書嘉年華中,我與近萬名

雷力恩書店(Bolerium Books)的兩位店主約翰・德倫(John Durham)與麥克・平可斯(Mike Pincus)兩人整理書架的風格大不相似,對書的喜愛卻很相同。(上、下)

董書展所陳列的書,價格往往高達數千或數萬美元,因此很多書商都採用堅固金屬箱來搬運,以免愛書受損。(右上)

的愛書人齊聚一堂，分享彼此對書籍的知識與熱情，同時在幾位書商的盛情邀請下，光臨他們的攤位，參觀他們新近的斬獲。這次書展還吸引了英國紀錄片製作人保羅·賴歐（Paul Ryall）及其工作小組，他們忙著將為期三天的展覽拍成一個小時的紀錄片《愛書狂》（*Bibliomania*），讓人一窺古董書商與收藏家的世界。

除了國際級的古董書展外，一些規模較小的區域性古董及二手書展也常態性地在歐美許多城市進行。單單以美國加州為例，至少就有舊金山、聖塔莫妮卡（Santa Monica）、帕薩汀納（Pasadena）、沙加緬度（Sacramento）、內華達郡（Nevada County）等地定期舉辦較小型的古書展。這類區域性書展並不像國際性書展般規定參展書商必需隸屬ILAB的一員，參展費也較為低廉，書商所販賣的書傾向中低價位，因此很吸引一般愛書人與剛踏入門檻的藏書家。有關英

古書展往往出現一些奪人目光的書籍。照片中這張巨幅的跳蚤圖像，最早出現於1665年所出版的《顯微圖》（*Micrographia*）。《顯微圖》是英國發明家、顯微鏡技師羅伯·虎克（Robert Hooke, 1635~1703）用自己發明的顯微鏡觀察細微物體後，所紀錄下的生動文字及插圖，這是史上第一次展示細胞結構圖的書，虎克也是第一位使用"cell"（細胞）這個名詞的人。虎克曾表示他從跳蚤毛的結構與排序中，發現了藝術之美、神聖之美，並轉而信仰上帝。這隻跳蚤也因此成了史上著名的巨大小蟲。1745年的簡明版《顯微圖重現》（*Micrographia Restaurata*）雖然文字較簡潔，但是完全重製並放大原書中的圖像。書展中所展之版本為《顯微圖重現》。

書籍藝術單位經常在古董書展設攤，宣揚手工印刷及書寫之美。這種一人操作的凸版印刷（上），跟複雜細膩的花體字書寫藝術（下），是中世紀以來，西洋文明得以延續不絕的主要關鍵。

美兩國此類書展的舉辦時間與地點，可以分別在以下兩個網站中查詢。

http://www.booksourcemagazine.com

http://abaa.org/

人的互動讓書更有情

在這幾年中，迅速發展、一日千里的網際網路固然也成為古董書的最新銷售管道。然而，書展的地位不僅沒有衰退，反倒愈形重要。有更多的書商為了節

省租金，捨棄了開放的實體店面，透過高科技，選擇在家經營。如此一來，書展便成了他們唯一面對面接觸、交流的機會，許多新客戶都是由此開發的。

對於愛書人而言，古董書展當然也是了解書商專長、價位與性格的最好場合。幾年下來，我也因此結識了不少氣味相投的書商。日後經常安心地上他們的網站買書，甚至還進一步親訪他們書店或住家，參觀其藏書。買書、賣書這個過程，多了人與人的互動，確實讓人更值得回味與留念。（初稿發表於2001年2月）

古書展相關網站

ILAB 書展
網址：www.ilab-lila.com/

加州國際古書展
網址：www.sfbookfair.com/
　　　www.labookfair.com/

紐約國際古書展
網址：www.sanfordsmith.com/nyabookfair/index.html

波士頓國際古書展
網址：www.bostonbookfair.com/

倫敦ABA古書展
網址：www.aba.org.uk/bookfairs.htm

古 書展多半會安排資深書商，免費替來客鑑定他們所帶來的舊書是否有收藏價值。（左上）

這 些年在美國古書界頗受歡迎的兩位作家John Dunning（右上）、Nicholas Basbanes（右下）都曾在古董書展演講及簽名。前者曾是古董書商，爾後以古書業為背景而撰寫出數本偵探小說。後者則是採訪記者兼藏書家，幾本著作都是有關西方古書文化的報導。

「美」國古董書商協會」每年在加州、紐約、波士頓所舉辦的ABAA書展，是愛書人不可錯過的嘉年華。大會每次總會設計出引人注目的海報，有時還特別將地方色彩融入其中，而今這些海報都成了我的珍貴收藏品。

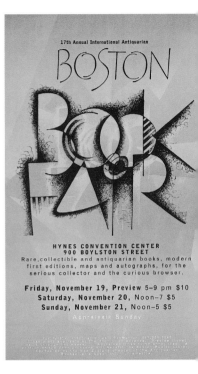

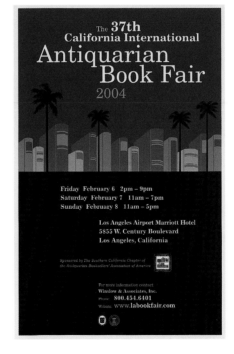

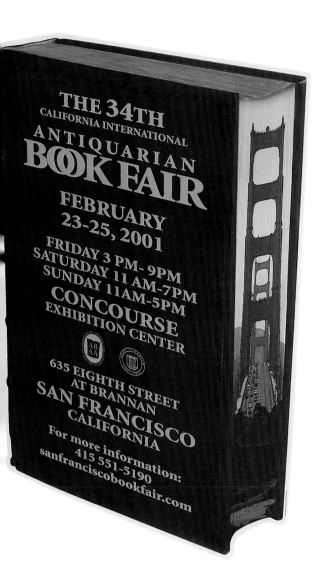

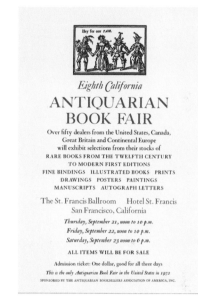

Courtesy of ILAB & ABAA

Second International Antiquarian Book Fair
Ambassador Hotel, Los Angeles, California, September 21-23

Exhibits by
the Leading
Antiquarian
Booksellers of
Eighteen
Countries

HOURS

1 p.m. to 10 p.m.
Thursday, Sept. 21

1 p.m. to 9 p.m.
Friday, Sept. 22

11 a.m. to 7 p.m.
Saturday, Sept. 23

Come to the
XXXIII California International Antiquarian
Book Fair

Los Angeles Airport Marriott Hotel
5855 West Century Boulevard

Friday, February 11th 2 p.m. to 9 p.m.
Saturday, February 12th 11 a.m. to 7 p.m.
Sunday, February 13th 11 a.m. to 5 p.m.

Admission: Friday Preview (good for all 3 days) $10.00
Saturday or Sunday $5.00

All books, prints, manuscripts & maps exhibited will be for sale.

Sponsored by the
Antiquarian Booksellers Association of America.

Sponsored by the Antiquarian Booksellers' Association of America. A portion of the proceeds will benefit the
Boston Public Library and the American Antiquarian Society. Tickets are available at the door and in advance.

The 21st Annual

BOSTON INTERNATIONAL
ANTIQUARIAN
BOOKFAIR

November 14–16, 1997
Hynes Convention Center • 900 Boylston Street

OPENING NIGHT: Friday, 5–9PM • Tickets $10
(Opening Night ticket valid throughout the weekend)

Saturday, 12–7PM • Sunday, 12–5PM • Tickets $5

Rare, collectible and antiquarian books, modern first editions, maps and
autographs for the serious collector and the curious browser.

For more information, please call Commonwealth Promotion at (617) 266-6540.

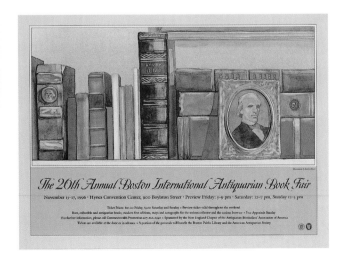

The 20th Annual Boston International Antiquarian Book Fair

November 15–17, 1996 • Hynes Convention Center, 900 Boylston Street • Preview Friday: 5–9 pm • Saturday: 12–7 pm, Sunday 12–5 pm

Ticket Prices: $10.00 Friday, $5.00 Saturday and Sunday • Preview ticket valid throughout the weekend
Rare, collectible and antiquarian books, modern first editions, maps and autographs for the serious collector and the curious browser • Free Appraisals Sunday
For further information, please call Commonwealth Promotion 617-266-6540 • Sponsored by the New England Chapter of the Antiquarian Booksellers' Association of America
Tickets are available at the door or in advance • A portion of the proceeds will benefit the Boston Public Library and the American Antiquarian Society

THE 23RD ANNUAL BOSTON
INTERNATIONAL
ANTIQUARIAN
BOOK FAIR

NOVEMBER 19 TO 21, 1999
Hynes Convention Center, 900 Boylston St., Boston, MA

Opening Night, Friday 5 to 9 PM • Tickets $10
(Ticket for opening night is valid throughout the weekend)
Saturday 12-7 PM • Sunday 12-5 PM • Tickets $5

Rare, collectible and antiquarian books,
modern first editions, maps and autographs
for the serious collector and the curious browser

www.bostonbookfair.com

THE EIGHTEENTH
California International
ANTIQUARIAN
BOOKFAIR

SAN FRANCISCO

FEBRUARY 15, 16, 17, 1985
THE CRYSTAL COURT, TRADE SHOW CONCOURSE
8TH & BRANNAN STREETS, SAN FRANCISCO
FRIDAY 6-10PM ($10 ADMISSION), SATURDAY 11AM-9PM ($5), SUNDAY 12-5PM ($5)
Sponsored by the Northern California Chapter of the Antiquarian Booksellers Association of America, Inc.

The 36th California
International Antiquarian

February 2003, 7th 8th & 9th
Friday, 3-9pm   Saturday, 11-7pm   Sunday, 11-5pm

Concourse Exhibition Center, 635 Eighth Street at Brannan, San Francisco, CA USA
For more information call 415.962.2500 or visit www.sfbookfair.com

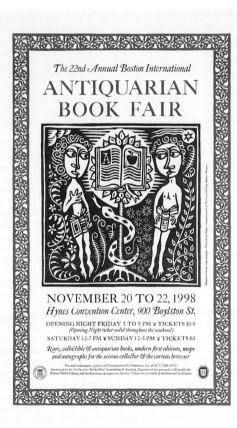

The 22nd Annual Boston International
ANTIQUARIAN
BOOK FAIR

NOVEMBER 20 TO 22, 1998
Hynes Convention Center, 900 Boylston St.

OPENING NIGHT FRIDAY 5 TO 9 PM ♥ TICKETS $10
(Opening Night ticket throughout the weekend)
SATURDAY 12-7 PM ♥ SUNDAY 12-5 PM ♥ TICKETS $5

Rare, collectible & antiquarian books, modern first editions, maps
and autographs for the serious collector & the curious browser

For more information, please call Commonwealth Promotion, Inc. at (617) 266-6540.
Sponsored by the Antiquarian Booksellers' Association of America. A portion of the proceeds will benefit the
Boston Public Library and the American Antiquarian Society. Tickets are available at the door and in advance.

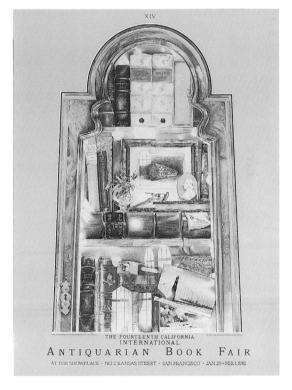

XIV

THE FOURTEENTH CALIFORNIA
INTERNATIONAL
ANTIQUARIAN   BOOK   FAIR
AT THE SHOWPLACE · NO.2 KANSAS STREET · SAN FRANCISCO · JAN.29-FEB.1.1981

書籍拍賣的變與不變
The Excitement of Book Auctions

無論透過何種方式，拍賣得標那一剎那，買主無不high到最高點。等親手打開包裹，又是一陣飄飄然。只不過，這種興奮會持續多久？那就很難說了。

這是1820年英國倫敦書籍拍賣景況。此畫是當時漫畫家湯姆斯·羅蘭森（Thomas Rowlandson）所繪，生動刻畫出拍賣場內的熱烈情緒與競標者的不同表情。

在國際拍賣會場上，高額成交的項目，往往都是繪畫、珠寶、家具這些裝飾用途強的物件。它們也因此成了媒體最常報導的焦點，例如1990年5月，日本企業家齊藤了英在一個星期內，先以八千兩百五十萬美元的天價，從佳士得（Christie's）拍賣公司標下一幅梵谷的畫作〈嘉舍醫生像〉；接著，又砸下七千八百二十萬美元，由蘇富比（Sotheby's）拍

賣公司搶得雷諾瓦的油畫〈煎餅磨坊〉。這個讓人嘖嘖稱奇的大手筆，頓時成了國際間的頭條新聞。相較之下，書籍、手稿、文件類的交易就顯得安靜多了。

從「裝飾房子」到「妝點心靈」

就在那位齊藤先生花了一億六千萬美元，添購兩張19世紀末的名畫之際，美國紐約一流藏書家布德里‧馬汀（H. Bradley Martin）的上萬冊藏書經過蘇富比分批拍賣一整年，最終總成交額達到三千五百七十萬美元。前一年，加州女藏書家娥詩黛爾‧竇荷妮（Estelle Doheny）的一萬六千冊藏書，則是在佳士得為期兩年的拍賣中落幕，成交總額為三千七百四十萬美元。這兩筆交易（其中不乏四五百年前的珍本書）創下了有史以來私人藏書拍賣金額最高的紀錄，知道的人卻很有限。畢竟，這兩萬六千本書加起來，還不及一幅畫的價錢，當然也就不會引發太多的報導了。

不少愛書人看到這個對比落差，頻頻搖頭嘆息。

這是1795年左右，英國倫敦的書籍拍賣景象，衣冠楚楚的紳士貴婦、喧鬧得有些紊亂的場景，跟今日並無兩樣。（左上）

此幅銅版畫約完成於1700年的英國倫敦，是書籍拍賣最早的圖像之一，由此可以看出當時的拍賣是在戶外進行，但喊價者與競標者區隔並不嚴密，反倒有些像在擺攤賣書了。（右上）

拍　賣公司早在每
場拍賣會前幾
個月就發行圖文並茂
的目錄，將每件拍賣
品的典故、品相及預
估的底價等資訊鉅細
靡遺地描述出來，而
且還列出一些熱門拍
賣品的照片。這些目
錄不僅是多數書商與
收藏家的價目參考指
南，精美的編排往往
也成了許多愛書人的
收藏對象。

齊藤先生那筆
錢若花在古董
書上，將能建立一個頂級的私人圖書館，裡面的藏書
可以包含細緻的中世紀彩繪手抄本，或是數百年前稀
有、精美的印刷書籍，並讓他晉身為世界首屈一指的
藏書家。可惜、可惜、實在太可惜！此外，他們也為
「書」與「畫」的身價差別如此之大而大喊冤枉——

我猜，這些人八
成都忘了20世紀初美
國傳奇書商羅森巴哈的一句至理名言：「收藏家裝飾
完他的房子後，才會轉而妝點他的心靈。」

　　1994年11月1日，終於傳出讓愛書人稍稍揚眉
吐氣的消息。紐約的佳士得以三千零八十萬美金（包
含百分之十的佣金）的高價，落槌賣出義大利天才達

本《喬叟作品集》出自與英國後拉斐爾畫派過從甚密的詩人匠師威廉·摩里斯之手。此書初版於1896年,限量438本,全書裝幀設計、版型字體,皆極盡考究之能事,加上伯恩-瓊斯87幅細膩而繁複的木刻插畫,使得這本書成了19世紀英國書籍裝幀藝術最有名的代表作之一。摩里斯的「凱姆斯考特印刷社」也因此走紅一時。

文西的七十二頁筆記本。裡面有他的三百多幅繪畫、素描,以及有關科學、藝術的手札。這個數目,成了單一書籍拍賣的最高價,打破紀錄的是全球知名的微軟創辦人比爾·蓋茲。1998年7月8日,倫敦佳士得又傳佳績,大藏書家保羅·蓋帝(Paul Getty)以七百五十三萬美元奪得威廉·凱克斯敦(William Caxton, 英國最早的印刷師)於1477年印製的喬叟名著《坎特伯利故事集》。這本書成了史上最昂貴的印刷書籍。一年後的同一天、同一地點,一位匿名人士以一千三百三十萬美元標得一本1505年的彩繪祈禱書,再度創下這類書籍的最高價。

一般愛書人雖然無(財)力競標這些高檔拍賣品,但還是樂於親臨現場。畢竟,能觀賞到這些過程,的確夠刺激。而且,也不是所有的拍賣品都遙不可及,即使像蘇富比、佳士得這類尊貴的公司,其實也可能標到一千美元以下的古董書。再不然,有興趣的人也還可以轉到其他較大眾化、專以書籍為主的拍賣公司,例如「史旺藝廊」(Swann Galleries)、「布倫斯柏里書籍拍賣公司」(Bloomsbury Book Auctions)、「太平洋書籍拍賣藝廊」(Pacific Book Auction Galleries)等,一過拍賣之癮。每次拍賣會之前好幾個月,這些拍賣公司都會發行圖文並茂的目

録，每件書籍、文稿的價位，由數十元甚至到數百萬美元不等。許多愛書人、書商無不長期訂閱，仔細研究自己所感興趣的項目，以便屆時能進場標下愛書。

異軍突起的網路拍賣

而今，網路發達，無遠弗屆，拍賣公司也紛紛設立網站，並提供目錄免費讓人查詢。拍賣會當天，無法親自到場的人，除了利用既有信件、傳真、電話投標之外，現在又多了e-mail 這個管道——正如其他商品拍賣，進入數位時代，書籍拍賣最大的變革在於「網路」與「線上拍賣」的出現。特別是eBay的熱絡交易，導致許多實體拍賣公司在傳統的經營之餘，也開始在網站上另闢線上拍賣會，其中包括世界最古老，已有兩百五十多年歷史的老字號蘇富比書籍、手稿部門，以及美國西岸最大的古書拍賣公司「太平洋

自然學家兼動物畫家約翰・詹姆斯・奧杜邦（John James Audubon ,1785～1851）於1827年至 1838年間在英國出版的對開巨幅繪本《美洲鳥類》（The Birds of America），內含435張版畫、手工上色，一共只出版不到200套，定價1000美元，為史上最著名的鳥類繪本。1840年到1844年奧杜邦在美國另外出了1200套七冊、定價100美元的小開本，如今前者的拍賣價每套可高達8百萬美金，後者亦可達2萬5千元。

「太平洋書籍拍賣藝廊」的副總裁喬治‧福克斯（George Fox）自己既是一個藏書家，也在公司擔任拍賣官的職務。（左上）

多數書籍拍賣公司在正式拍賣的前幾天，會將拍賣品對外陳列，以供有興趣的買主事先檢查自己想競標的書籍。（右上）

書籍拍賣藝廊」等。

只不過，明眼人一下就看出來了，線上所拍賣的書籍，無論在品質與稀罕度上，都低得太多了。相對地，平均價格也顯著下降，這其實是可以預期的情形，畢竟電子商務的風險還是較高，大家皆以保守為上；再者，你若要花大錢購買一本珍奇的古董書，難道不會想請內行代理人親自對你垂涎的寶貝仔細打量一番嗎？網路上就算能show出幾張封面照片，你能就此放心嗎？裡面是否有缺頁或折角？真偽度到底可不可信？這些顧慮，都是實體拍賣公司（特別是有信譽者）為何始終屹立不搖的原因。此外，也只有眾人相聚在一堂，才能近距離地目睹一群書癡為了爭奪一本書而血脈賁張、情緒沸騰的精彩景象。但是，無可否認的，線上拍賣的興起，確實滿足了升斗小民比價的樂趣，也稍補無法親臨拍賣現場的遺憾了。

拍賣，這個早在西元前5世紀時，希臘歷史學家希羅多德就曾在書中記載的交易行為，過去幾年裡，因科技影響而產生了巨變。然而，人類對於收藏品的獵奇心態卻是不變的。無論透過何種方式，在得標那

一剎那，心情無不high到最高點。等親手打開包裹時，又是一陣飄飄然。只不過，這種興奮會持續多久？那就很難說了。據說，齊藤先生買下那兩幅世界級的名畫後，就把它們塞在倉庫保險箱裡，此後再也不曾看它們一眼了！（初稿發表於2001年1月）

書籍拍賣公司相關網站

Sotheby's
網址：www.sothebys.com/

Christie's
網址：www.christies.com/

Pacific Book Auction Galleries
網址：www.pbagalleries.com/

Swann Galleries
網址：www.swanngalleries.com/

Bloomsbury Book Auction Galleries
網址：www.bloomsbury-book-acu.com/

雖然不需要親自到達拍賣會場，也一樣能透過其他管道競標書籍，但是許多人還是喜歡親臨現場，感受拍賣時的熱絡氣氛。

摩根圖書館
The Morgan Library

紐約的博物館、圖書館何其多，在總面積上，摩根圖書館算不得大，
但是在精緻與主題統合程度上，它卻絕對名列前茅。
來這裡的人，絕大部分都是胸有定見，具有特殊品味的旅者。

【館藏篇】

每次到紐約市，我總會習慣性地拜訪幾個地方，皮爾朋·摩根圖書館（The Pierpont Morgan Library，以下簡稱摩根圖書館）是其中我最喜愛的朝聖處之一。無論是它的歷史、建築、館藏與服務，都讓我深深地著迷。這座美國東岸最著名的私人圖書館，絕對稱得上是真、善、美的化身，愛書人置身其中，總是不由得會心生一股宗教般的虔誠。

小而強、小而美

摩根圖書館其實可被視為一個小而強、小而美的博物館。由19世紀末、20世紀初崛起於紐約的傳奇金融家及收藏家約翰·皮爾朋·摩根（John Pierpont Morgan，1837～1913）所創立。摩根在當時被喻為「華爾街帝王」（Emperor of Wall Street）及「金錢大師」（Master of Money），曾經以個人財富數度化解美國財政危機，用「富可敵國」四個字來形容摩根家族，真是一點也不為過。

在1870年至1880年間，美國因產業及科技的長足進步，促使經濟加速繁榮。當時社會上的領導人物覺得有責任在文化上也能有所貢獻，俾與歐洲看齊，

摩根在1899年購買了第一本中世紀彩繪手抄本。這本9世紀時成書的《林道福音》（*Lindau Gospels*），除了內頁製作精美，最特別的是，封面與封底都由金、銀、琺瑯與珠寶鑲嵌而成，精緻華麗的程度可視為書籍裝幀藝術的極致典範。值得注意的是，封面與封底皆非為內頁的手抄本所訂做，而是由不同時期、不同工匠所完成。事實上封底的誕生甚至比書頁要早了約一百年，至於何時封面與封底合而為一，裝訂者又各為何人？皆無可考。但從書脊的印鑑可知，兩者在1594年已經共存了。

以豐富美國人民的智識生活。在這個時期，藝術收藏不僅僅被視為一種嗜好或興趣，而且攸關國家的驕傲與優越感。美國因而出現了不少繪畫、雕塑、古董等收藏家，紐約大都會博物館也在此一時期成立。

　　見多識廣、多金又慈善的摩根，除了從1888年起，被選為大都會博物館的董事之一，並自1904年到他去世期間擔任總主席之外，他更決定獨力創立一個以藝術、文學、歷史為主題的私人圖書館，好與歐洲的偉大圖書館相抗衡。1890年至1913年去世為止的二十餘年間，摩根以極快的速度，大規模地收購各種珍貴收藏品。由於他對於名人手稿特別喜愛，收藏

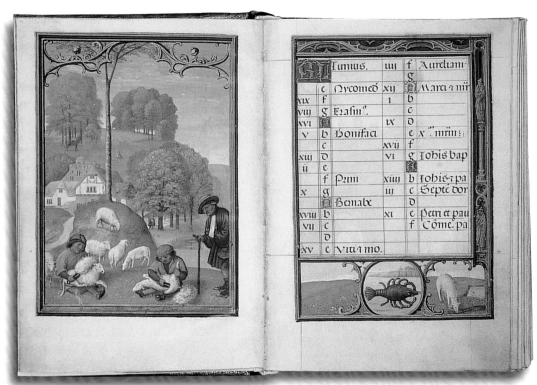

色 彩鮮豔的中世紀彩繪手抄本是摩根圖書館的收藏重心之一。

品中除了歷任美國總統（如喬治·華盛頓、湯姆斯·傑佛遜、亞伯拉罕·林肯等）的不少信件之外，還有許多名人、大文豪的手稿，例如濟慈、拜倫的詩作；狄更斯、馬克·吐溫、左拉、喬治·艾略特的小說；貝多芬第96號G大調小提琴奏鳴曲曲譜、莫札特十三歲時的家書；拿破崙給約瑟芬的情書；梭羅生前的四十卷日記（還完好地躺在他自製的堅固松木盒中）。

在姪兒朱拿斯（Junius Morgan，為一書籍與手抄本鑑賞家）的建議下，摩根還在1899年購買了第一本中世紀彩繪手抄本。這本9世紀時的《林道福音》（Lindau Gospels），除了內頁製作精美外，最特別的是，封面與封底都由金、銀、琺瑯與珠寶鑲嵌而成，精緻華麗的程度可視為書籍裝幀藝術的極致典範。摩根一生共收購了大約六百本中世紀與文藝復興時期的

彩繪手抄本，以及眾多裝飾性、藝術性極強的特殊裝幀本。

至於早期印刷品領域中，全世界僅存的四十八本古騰堡《聖經》（其中十二本印在牛皮上，其餘在紙上），摩根則獨擁兩本（牛皮、紙本各一）。圖書館東廂房的櫥窗內，總是有一冊公開展示著。每回我到這兒，總不會忘記傾身瞻仰這部經由最早活字印刷術（德國人古騰堡在15世紀發明）所印製而成的精美成果。摩根同時也收藏了著名的英國第一位印刷師威廉‧凱克斯頓（William Caxton）於15世紀末所印製的眾多作品，成為英國境外最大的一處收藏中心。

此外，摩根也在歷史學者兼收藏家威廉‧海斯‧沃德（William Hayes Ward）的建議下，洞燭機先地收藏了一千二百件美索不達米亞的璽章。這些可遠溯到紀元三千年

Courtesy of the Morgan Library, photo by David A. Loggie

以前的璽章，有著儀式、神話、實用等功能，可視為人類早期的書籍形式之一。其上所刻有的圖像與文字不僅展示了遠古近東的藝術與文化，更深具考古的價值，使我們因此能了解那個時期的風俗民情。

雖說與文字記載的相關物件是摩根的收藏重心，但是他也同時收藏了眾多14世紀到20世紀歐洲名家的畫作，包括達文西、林布蘭、魯本斯（Peter Paul Rubens）、竇加（Edward Degas）、威廉‧布雷克（William Blake）等人的作品，以及中世紀時與宗教儀典相關的藝術品。

這座可攜帶式的鍍金神壇，產於14世紀初的法國巴黎，高25.4公分、寬12.4公分，上面以鍍金、透明琺瑯及珠寶裝飾，是摩根圖書館眾多精緻收藏之一。

古騰堡《聖經》是西方活字印刷術於15世紀中葉發明後，最早生產的書籍。它不僅象徵了文明的大躍進，本身也是一個藝術極品，全世界僅存四十八本。熱門電影《明天過後》中，一位因大雪受困於紐約市立圖書館的仁兄，緊緊抱著一冊古騰堡《聖經》，不忍見它被丟進火爐中取暖。愛書人看到這個片段，應該會深有同感。

摩根圖書館的光華璀璨，使得當時富有人家爭相仿效，紛紛也在自己家中建立私人藏書室。他們把擁有珍本書視為擁有古董、名畫般，很多人雖然不一定懂得這些珍本書的價值，卻把此類收藏視為身分地位

的象徵，並仰賴專業書商進出拍賣場所，爭搶高價競標獵物。這種風潮的形成，主要也是受到摩根影響所引發的時尚效應。

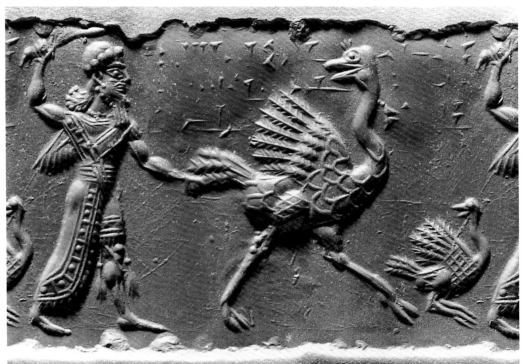

這張圖來自亞述帝國約西元前12世紀的灰色大理石璽章,上面的浮雕圖案是一位長著翅膀的守護神拿劍追殺兩隻駝鳥。守護神及駝鳥的肌理清楚、表情生動,很難相信這是刻在高僅3公分、直徑1.4公分的小小圓柱上的。

父子相傳,化私為公

1913年摩根過世後,他的兒子小摩根(J.P. Morgan, Jr.)雖然出售一些物件,以維持資產流動,並將百分之四十的收藏(超過六千件藝術品)捐給了大都會博物館。然而,對於父親的「最愛」——珍本書、手稿、手抄本及插畫等,小摩根不僅維持其完整性,還繼續充實收藏,添購了包括兩百餘件的中世紀彩繪手抄本、一本古騰堡聖經、英國作家薩克雷(W.M. Thackrey)名著《浮華世界》(*Vanity Fair*,一譯《名利場》)手稿等。此外,他在1924年還將圖書館的所有權轉為託管基金會,並捐贈一百五十萬美元作為管理費。之後,又將這個私人圖書館開放給大眾,成為一個研究機構,「以紀念父親對珍本書與手稿的熱愛,以及其深信推廣收藏極具教育價值的理念」。

在託管基金會的積極運作下,摩根圖書館一方面定期舉辦主題展覽,例如中世紀暢銷書展、名人日記展、林布蘭版畫展等;另一方面也努力擴增收藏。由於館藏在質與量上,早已達世界級水平,全球的愛書人及藝術愛好者莫不以「親臨一遊」為畢生心願之一,許多收藏家、創作者更是以「將自己的收藏品(作品)捐給摩根圖書館」為傲。例如諾貝爾文學獎得主約翰‧史坦貝克就將他的著作《與查理同遊》(*Travel with Charley*)的手稿,以及諾貝爾頒獎典禮時的演講原稿捐贈給摩根圖書館。

另外像是珍‧奧斯汀、愛因斯坦的信件,巴爾札克與夏綠蒂‧白朗黛的小說原稿,法國飛行員作家安東尼‧聖修柏里所繪、的名著《小王子》原稿,無不來自於收藏家的贈與。某些為數眾多的主題捐贈更是錦上添花,摩根圖書館也因此擁有舉世最多的劇作家

莫札特親筆所寫的樂譜,來自於第三十五號交響曲《哈弗納》。

Courtesy of the Morgan Library, photo by David A. Loggie

德 國藝術家杜勒（Albrecht Dürer，1471~1527）於1504年所繪的〈亞當與夏娃〉。

威廉・吉伯特與作曲家亞瑟・蘇利文（W. S. Gilbert & Arthur Sullivan，19世紀英國輕歌劇最佳搭檔）的手稿及相關物件。1962年之後，摩根圖書館還數度獲得收藏家捐贈大批音樂家的樂譜、手稿及信件，包

括巴哈、海頓、舒伯特、蕭邦、莫扎特、馬勒、布拉姆斯、華格納、荀白格、史特拉文斯基等等大師,幾乎說得出名號的音樂家都成了館藏的新寵,這也使得摩根圖書館成為美國擁有最多音樂文獻的收藏地了。

在幻滅的塵世中長存不朽

1909年,當大文豪馬克‧吐溫在他的小說《傻瓜威爾遜》(*The Tragedy of Pudd'nhead Wilson*)手稿被摩根圖書館收藏之後,曾以恭敬的態度,親筆寫了一封信給老摩根,其中一段寫著:「我一生中最高的理想之一,已經得以實現了。那就是有幸能讓自己的作品與您的尊貴收藏緊密為伍,得以在這幻滅的塵世中長存不朽。」這段話道出了眾多捐贈者的共同心聲,也顯示了摩根圖書館崇高的地位。

曾任《紐約時報》首席藝評的當代藝術評論作家約翰‧羅素(John Russell)公開表示過,他一直有個夢想,就是如果有來生,他希望能日復一日、年復一年,不停地出沒於摩根圖書館。凡是欣賞過或僅僅知悉摩根圖書館珍藏的人,絕對可以理解他的渴望。這也不禁讓我再度聯想起阿根廷名詩人波赫士所說的:「我總是想像天堂將如同圖書館一般。」對於書癡如我而言,摩根圖書館既是俗世中的一座樂園,也是我所期待天堂該有的樣態。

摩根圖書館的標記取自中世紀圖案,如今已成為世界聞名的文化Logo了。

【建築篇】

　　除了以不朽的館藏著稱於世外，摩根圖書館建築物本身，也是美國列管的重要地標之一。主建築名為「麥金館」（McKim Building），落成於1906年，共費時四年，耗資一百二十萬美元（同時期所打造的豪華郵輪鐵達尼號，總面積比它大上百倍，當時造價卻僅七百五十萬美元），是知名建築事務所「麥金、米德與懷特」（McKim, Mead & White）的經典作品之一。1902年時，老摩根特別委請該所創辦人查爾斯·麥金（Charles McKim）親自出馬，以文藝復興風格為基調設計施工，整體外觀莊嚴典雅，由泛粉紅的白色田納西大理石構成簡潔的樣貌，內部則富色彩與裝飾性，以上好的材質與手藝搭配出精緻華麗卻不流於俗豔的高貴氣派。

摩根圖書館的主建築「麥金館」，是知名建築事務所「麥金、米德與懷特」的經典作品之一，整體外觀莊嚴典雅，由泛粉紅的白色田納西大理石構成簡潔的樣貌，已成為美國列管的重要地標。但是對於愛書人來說，建築內令人垂涎三尺的諸多珍本書，才是真正讓人怦然心動的理由。

珍中之最東廂房

　　整個建築分為東、西、北三個廂房。北廂房一直用來當辦公室,不對外開放。最為壯觀的是東廂房,它的四周牆面有三層鑲嵌胡桃木的書架,由地板朝屋頂伸展開來,裡面擺著令愛書人垂涎三尺的諸多珍本書,屋中央的矮櫃則輪流更換眾多的特殊館藏;至於大壁爐上的巨幅壁毯「貪婪的勝利」,則是16世紀時,布魯塞爾生產的古董織品。

　　西廂房是老摩根的私人書房兼休息室,這兒也是他會見川流不息的商場同行、藝術掮客、學者及朋友的地方。藏書量雖然不及東廂房,卻存有主人生前喜愛的諸多繪畫與雕塑品,很能反映其個人風格。其中最特別的,莫過於來自佛羅倫斯的古董木雕天花板,

Courtesy of the Morgan Library, photo by Todd Eberle

摩根圖書館東廂房是全館精華之所在,四周牆面雕鏤彩繪,富麗堂皇,光彩奪目。壯觀的三層胡桃木書架,高及屋頂,收藏摩根父子所四處蒐羅的古本珍籍。其下矮櫃則輪流更換展覽各種特殊館藏。大壁爐上的巨幅掛毯產自16世紀布魯塞爾,名為「貪婪的勝利」,懸掛在此地,十分耐人尋味。

西廂房是老摩根的個人書房兼休息室。因為具有私人性質,與東廂房整體感覺大不相同。除了藏書之外,還陳列著主人所收藏的各種古董、名畫、雕塑品,每一件都有其特殊來歷,充分顯現了老摩根的品味與嗜好。

Courtesy of the Morgan Library, photo by Todd Eberle

由麥金親自採購並指導拼裝而成。連結三個廂房的入口大廳,呈現羅馬宮殿式的富麗堂皇風貌。圖書館大門口兩座守護石獅,是知名雕刻家愛德華·克拉克·波特(Edward Clark Porter)的作品,格外值得一提。現今矗立在第五大道紐約市立圖書館前的另兩座巨獅,是波特依此為雛形所雕成的另一傑作。

Courtesy of the Morgan Library, photo by David A. Loggie

連結東、西、北三個廂房的入口大廳呈現羅馬宮殿式的富麗堂皇風貌，圓形的屋頂有裝飾性及宗教色彩濃厚的壁畫及浮雕。

不斷擴增的建築空間

由於摩根圖書館的館藏日漸增多，且在1924年對外開放，空間的需求迫切，因而前後歷經幾期擴建計劃工程。現今麥金館西側的圖書館主要入口及大展覽廳，原本是摩根故居，於1928年拆除而改建。當時大建築師麥金早已過世，乃聘請班傑明・威士塔・摩里斯（Benjamin Wistar Morris）接手，材質設計皆承襲過往，以期新舊兩館的風格盡量協調一致。

另一次大規模擴館工程則始於一甲子之後的1988年。當時，託管基金會買下緊鄰圖書館後面的一棟泛紅色的褐石洋房。這原本是老摩根在世時為小摩根所購置的的住所，以便父子比鄰而居，其室內裝

摩根圖書館大門口的一對守護石獅，出自名雕刻家愛德華‧克拉克‧波特之手，獅子造型寫實，表情威而不怒，與常見張牙舞爪的東方守護獅造型風格很不一樣。

潢是18世紀英、法風格的優雅融合體。然而，當小摩根於1943年去世後，這棟擁有四十五個房間的豪宅，卻成了美國路德教會的總會，為時長達四十餘年。經過基金會努力，依歷史考據修繕後的摩根館，恢復了昔時風貌。一樓被規劃成教育中心、會議室及美麗的圖書館附屬書店。

這一附屬書店堪稱一流，除了販賣「摩根王朝」相關書籍、收藏複製品外，還有許多「有關書的書」（books about books），其中許多書籍是一般書店所見不到的，這也是我特別感興趣的主題。而其精選紀念品也多半是以「書籍」為主題，例如別出心裁的書架、書籤、藏書票、筆記書、陶瓷品，乃至印有書籍圖案的領帶、絲巾等，美不勝收，單是這個書店就已像是一座小型博物館了。

1991年摩根圖書館又進行了第三次擴建工程，這次主要是將前述三館間的空地連成一氣，整體設計成一個小型的庭園。此一擴建計畫由伍山格 & 米爾斯建築事務所（Voorsanger & Mills Association）設計，以現代化手法，將玻璃與白色不鏽鋼挑高打造出流線型的透明天窗，地板則由大片的白色帶灰紋的

Courtesy of the Morgan Library, photo by Devon Jarvis

大理石構成。五十四英呎高（約十六公尺）、三千四百平方英呎（約九十五坪）的庭園，完全沒有樑柱。開放性空間在音效上做了特殊處理，以便照顧不時舉辦的室內樂演奏。這種種細節搭配，使得這方面積不算大的庭園，造價卻高達九百萬美元。

無法抗拒的中庭魅力

如果真有人對摩根圖書館的館藏沒興趣，我相信他也絕對無法抗拒這個中庭溫室玻璃庭園的魅力。室內除了擁有長綠的茂密樹木外，還附設咖啡座，供應

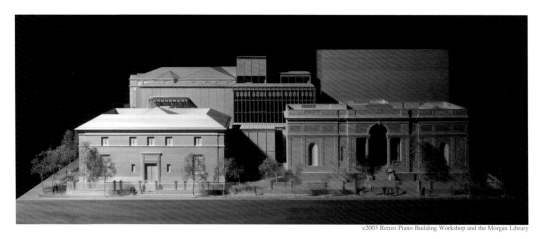

摩根圖書館第四期擴建工程，由著名的義大利建築設計師仁柔‧皮安諾主導，預計於2006年年初完工。從已經發表的設計圖與模型看來，摩根圖書館在保存既有的古建築之外，還能讓人耳目一新。此圖所示為建築物南邊第三十六街入口處。

簡餐與飲料。此地還曾被許多旅遊休閒雜誌評選為「紐約享用下午茶最佳場所之一」。每次我來到這裡，總喜愛一邊啜飲優雅侍者奉上的飲料，一邊慢慢翻閱從隔鄰附屬書店買來的書籍。有時就只是安靜地坐著，享受自然流瀉下的柔和天光。在寸土寸金又喧鬧的紐約市，能有這麼一處淨（靜）土，真是讓人有驚豔之感。

紐約的博物館、圖書館何其多，在總面積上，摩根圖書館算不得大，但是在精緻與主題統合程度上，它卻絕對名列前茅。置身其中，你不會像在大都會博物館裡，感覺身邊總是擠滿了走馬看花的觀光客。因為來這裡的人，絕大部分都是胸有定見、具有特殊品味的旅者。

比較可惜的是，摩根圖書館第三期所建的迷人中庭已走入歷史。由於摩根圖書館為了進行第四期擴建工程，自2003年5月起閉館，預計於2006年初完工。這次的浩大工程將朝地下發展，使得摩根圖書館將擴增三分之一的面積，此外，為了有更佳的動線與視線，中庭也將另做規劃。著名的義大利建築設計師仁柔‧皮安諾（Renzo Piano）將主導這次擴建計劃，從已經發表的設計圖與模型看來，可以預見這位

e2003 Renzo Piano Building Workshop and the Morgan Library

此 模型圖展示的是建築物西邊麥迪遜大道入口處。

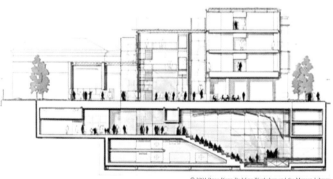

© 2004 Rnzo Piano Building Workshop and the Morgan Library

由 透視圖來看，可知此次的浩大工程將朝地下發展，這也將使得摩根圖書館擴增三分之一的面積。

獲得 1998 年普立茲克建築獎（The Pritzker Architecture Prize，等同於建築界的諾貝爾獎）的得主，將使摩根圖書館在保存既有的古建築外，還能讓人耳目一新。

【人物篇】

　　約翰・皮爾朋・摩根是美國近代史上最著名的金融家及收藏家，自幼生長於富裕之家。青少年時期，因為父親受邀至倫敦與人合開銀行，舉家遷往英國，他則被送到波士頓的寄宿學校就讀。中學畢業後，進入德國知名的古廷根大學（Göttingen University）研習數學。十九歲時，他就已隨家人遍遊歐洲各大重要文化藝術據點，培養出不凡的品味。摩根二十歲自大學畢業後，便進入華爾街，並先後在幾家銀行及父親經手的公司任職，三十四歲時受到當時最具影響力的費城金融家與慈善家安東尼・卓克索（Anthony Joseph Drexel，亦為費城卓克索大學的創辦人）的青睞，成為卓克索-摩根銀行（Drexel, Morgan & Company）合夥人。1983 年卓克索去世，摩根於 1895 年將公司改名為 J. P. Morgan，成為國際上著名的銀行。日後出現的另一家國際性金融服務公司「摩根史坦利」（Morgan Stanley），則是由老摩根的孫子哈利・摩根（Harry Morgan）所創立。

鐵達尼號的真正老闆

　　摩根家族勢力遍及各大行業，從鐵路、輪船、電報，一直到當時嶄新科技的電話、電力等。1898 年時，他以四億八千萬美元的天價，收購了鋼鐵大王卡內基（Andrew Carnegie）的鋼鐵公司，再合併多家小公司，於 1901 年組成「美國鋼鐵公司」（The United States Steel Corporation），成為美國史上第一家資本額超過十億美元的公司。

　　然而，就算精明能幹的摩根，也有失手的時候。本世紀初的傳奇客運郵輪鐵達尼號，眾所皆知屬於英

摩根圖書館　193

近東地區所出土的圓柱型璽章，由不同的石材所雕刻，高度由3公分到5公分，直徑由1.2公分到3公分不等，年代可遠溯至西元前兩千年。其上有關於宗教、神話、日常生活等圖像，是人類早期記載歷史的方式之一。摩根圖書館擁有上千顆類似的璽章，是其收藏重心之一。

國白星公司，船上懸掛著大英國旗，並僱用英國員工。一般人所不知的是，白星公司的母公司，其實是美國的「國際商業海運公司」（International Mercantile Marine Company），而背後大老闆則是無所不在的摩根。鐵達尼號的打造計劃，從頭到尾，都是經過他首肯才落實的，船上還專門為他保留了一間豪華套房。摩根原本打算親自參加鐵達尼號處女航，卻因病重而取消行程，因此避過了一劫。但鐵達尼號的沈沒，還是成了他事業上一個不小的失誤。

摩根的個性自負而強悍，曾經因為一個難以解決的鐵路利益衝突，發帖邀集各方競爭對手到他的遊艇上協商。他下令遊艇在哈德遜河上來回巡航，非得達成協議，否則誰也別想下船。1907年，美國一度發生經濟恐慌。十月中旬的某日，摩根把數十位美國銀行家鎖在圖書館東廂房，強迫他們提出方案，好拯救

瀕於崩盤的華爾街股市，結果讓美國免於一場金融危機。若非摩根的特殊領袖氣質與個人威權，這場災難幾乎是無法避免的。

　　然而，也正因為摩根的權勢過大，使得政府對他的鉅富累積產生不信任感。1912年國會調查委員便質疑他對金融界的控制與壟斷，涉有嚴重的圖利之嫌。摩根這位虔誠的聖公會教徒，向來主張資本家應具備捍衛社會的紳士風範。面對這種不堪的指控，他驕傲不屈地表示，他衡量同行及客戶的標準，「品格第一，超過金錢與其他東西。金錢是無法收買人格的。」他還說道：「一個我不信任的人，絕對無法從我與基督所訂的契約中拿到一毛錢。」這個事件最後導致了1913年美國聯邦儲備制度的建立。畢竟，一個國家的經濟還是不能單單仰賴一個資本家的影響力與品格。

摩根圖書館典藏不少名家的手稿。圖中所展示者為美國知名的文學家梭羅（Henry David Thoreau）的親筆日記，以及他自己親手製作、用於保存日記的松木盒。

小摩根雖然在父親老摩根去世後，將40%的收藏捐給了大都會博物館，但對於父親的「最愛」——珍本書、手稿、手抄本及插畫等，他不僅維持其完整性，還繼續充實收藏，且將原為私人的摩根圖書館開放給大眾，今天的愛書人除了感謝老摩根外，也得一併感念小摩根。（左上）

英國的天才詩人、畫家兼印刷師威廉·布雷克（William Blake）的彩繪作品〈歡愉〉（Mirth），是布雷克為作家約翰·米爾頓（John Milton）的作品 L'Allegro 所做的插畫。（右上）

價格永不嫌高

在收藏藝術品、珍本書與手稿上，摩根同樣作風強勢。例如他經常大手筆收購重要收藏家的整批藏書，或是在拍賣會前搶先買下原本要公開競標的珍本書，不讓旁人有機可乘。若是仲介商向他兜售他感興趣的物件，他會率直地詢問對方所付原價，然後很乾脆地以多出百分之十五的價錢將它買下。他曾豪氣萬千地表示：「對於無可質疑的真與美的物品，價格永不嫌高。」也正因為他這種豪放態度，雖然他晚年才開始收藏，但在短短二十餘年中，大手屢揮，很快竟使得摩根圖書館成為「圖書館中的圖書館」。

某些學者曾分析摩根的收藏品味，認為與其宗教信仰有極大關係。我在多次拜訪摩根圖書館之後，非常同意這個觀點。摩根喜愛的中世紀的彩繪燙金手抄本原本就多以《聖經》為題材，所收購的許多繪畫及立體藝術品，也都與《聖經》中的人物脫離不了關係。同時，我更注意到，東廂房的書架，有一區專門擺置眾多不同語言、不同年代的《聖經》版本與祈禱書。

早年即有收藏傾向的摩根，十四歲時，就曾寫信給當時的美國總統，索取親筆簽名；唸大學之後，開始蒐購古代彩色鑲嵌玻璃。但是，何以要等到晚年時，他才認真、有計劃地大量收藏呢？一般認為，應該是他要求完美的個性在作祟。凡他所要的東西，絕對得是最好的。對於次級品，他向來沒興趣；若要當收藏家，他就一定要成為不折不扣、世界一流的頂級收藏家。也因此，一直要等到他的父親去世，其所留下的龐大遺產加上他自己所有的雄厚資本，方才讓他覺得可以遊刃有餘地專精收藏。而這時，摩根早已五十多歲了。

摩根這位跨越19到20世紀的金融家與收藏家，雖早已成為過去的歷史人物了，他所創立的 J. P. Morgan 公司，卻依然在今日的國際金融市場上活躍，而摩根圖書館的館藏也日益豐富。他的影響力，顯然不只是在生前，也延續到了死後。放眼天下，大概很難找出幾個如此傳奇的人物了。作為一個文化人，我不禁要暗問，這世上何時會再出現另一個既有錢、又懂文化價值的摩根？（初稿發表於1999年1月）

摩根圖書館

地址：29 East 36th Street, New York, NY 10016
電話：212-685-0008
網址：www.morganlibrary.org

Courtesy of the Morgan Library

如果你看完這篇文章中所列的圖片還覺得不過癮、如果你沒有機會到紐約市，那麼我建議你買一本有關摩根圖書館收藏的專書：*IN AUGUST COMPANY: The Collections of The Pierpont Morgan Library*，書中有精彩的圖片及詳細的解說，此外還包含了圖書館的歷史簡介及摩根的小傳。

藍道之家古書店
Randall House Rare Books

> 我希望也能擁有這麼一家書店的夢想大概不易實現，但是
> 由於藍道先生的無私，卻使我們這些不論愛書與否的俗民大眾，
> 都能有幸造訪他的王國、分享他的喜悅。

藍道之家古書店位於一座被樹籬圍繞的隱密私人宅院內，難怪被比喻為「聖塔芭芭拉隱藏最佳的秘密」。宅院的主建築建於1852年，目前已是國家級的古蹟，院中石塊上的銅牌鐫刻著這棟建築的歷史。

不知道有多少回初訪一個城市或小鎮，為的既不是貪圖當地好山好水與美酒佳餚，也不是專程去拜訪居住在那裡的親朋好友，更不是為了趕赴什麼節慶或嘉年華盛會，一切往往只是為了親臨某些書店現場。到法國巴黎，是為了一睹傳奇的「莎士比亞書店」；到美國拉斯維加斯，則是想探查世界第一家以賭博為主題的「賭徒書店」；我更記得，有次還曾經接連更換六種交通工具，翻山越嶺專程走訪英國威爾斯的一個偏遠書鎮。

為了書店的旅行

　　美國加州聖塔芭芭拉之旅也同樣是在如此偏執的動機下成行的。就地理位置及交通而言，聖塔芭芭拉

其實是個相當容易接近的城市，距加州南方大城洛杉磯不過一個半鐘頭的車程，即使離北方的舊金山也不過六七個小時。我不時在舊金山與洛杉磯兩地間穿梭，但卻總不曾駐足於這個美國西岸最知名的海濱風景區。直到1999年夏天，我為了一探被喻為「聖塔芭芭拉隱藏最佳的秘密」（The Best Kept Secret in Santa Barbara）——「藍道之家古書店」（Randall House Rare Books），聖塔芭芭拉才終於在我的旅行地圖中被圈選了出來。

十數年密集探尋書店的生涯中，我固然碰過不少心儀的書店，但真要讓我勾勒出一間最想擁有的書店，卻是難上加難。坦白說，我雖然愛逛書店至極，卻甚少想著就此變成一名書商。就算自己擁有再好的書店，總比不上雲遊四方，欣賞他人的心血來得自在逍遙。守著一家書店對我來說，是個太過沉重的承諾了！然而當我與朗諾．藍道先生（Ronald Randall）

藍道之家古書店的建築依舊保持著一二百年前的西班牙式風貌。進入宅院後，首先映入眼簾的是紅瓦白牆的泥磚屋（adobe），以及庭園中四處冒出的仙人掌、棕櫚樹和各式奇花異草。

泥 磚屋配上紅石板地的迴廊，讓人不禁引發思古的幽情。

建 築物四處都可見到古意盎然的物件。

經營的藍道之家古書店相遇後，我的想法開始有所轉變：如果可能，我也希望能擁有這麼一家書店。

若非事先由「美國古董書商協會」通訊手冊中查詢到書店的地址，並已先在電話跟藍道先生約好於一個週末上午按址造訪，我即便經過此處數十回，只怕也不會留意到有家令人稱羨的書店，竟然就隱藏在一排樹籬後面。雖說距離聖塔芭芭拉最繁華的街區不遠，書店卻是坐落於一片優雅的私人大宅院中，難怪會被稱為「聖塔芭芭拉隱藏最佳的秘密」。

由於曾經先後成為西班牙殖民地與墨西哥屬地，一直到19世紀中葉，加州才成為美國的一部分，因此當地不少建築依舊保持著一二百年前的西班牙式風貌，藍道之家古書店正是這麼一棟建築。駛入車道後，映上眼簾的是紅瓦白牆的泥磚屋（adobe），以及庭園中四處冒出的仙人掌、棕櫚樹和各式奇花異草。一路穿過紅石板迴廊，在蜂雀飛舞的伴隨下，終於來到屋舍最末端的書店主區。

風景中的風景

如果戶外已經是一則風景，那麼書店內更是風景中的風景了。一整面採光牆將室外蓊鬱的草木及遠方的山巒迎入室內，古老木製書櫃裡的一冊冊珍本書籍，在典雅吊燈的烘托下顯得極其誘人。佔據店中央的厚實雕花桌椅，更是鼓勵來訪者將書取下、在此閱讀。

主人藍道先生是國際知名書商，卻一點架子也沒有。他樂於向訪客介紹書店中的寶貝，例如印有「十誡」的15世紀古騰堡《聖經》書頁、各時期的《聖經》版本、史蒂文森與傑克·倫敦的首版作品、康拉德與馬克吐溫的書籍原稿、

達爾文與愛因斯坦的親筆信件、包含攝影大師安瑟‧亞當斯原版照片兼簽名的限量攝影集等。藍道先生還不定期地依他的收藏而發行各類主題的目錄，例如美西史、加州淘金熱、軍事、攝影、飛航、鐵道、黃石公園等，以及以單一作家為主題的目錄，例如福克納、霍桑、梅爾維爾、邱吉爾等。

由書店中多樣化的收藏，可以看出藍道先生興趣廣泛，這當然也和家學淵源有關。他的父親大衛‧藍道（David Randall）是美國古書業界中的傳奇人物。從1929年開始進入古書業，六年後擔任當時美國著名的「史奎博納書店古書部門」（Scribner's Rare Book Department）負責人達二十一年之久。1956年成為印第安那大學「立立圖書館」（Lilly Library）的首位館長及目錄學教授。在他近二十載的領導下，這個圖書館建立起世界級的珍貴藏書。老藍道曾經將他進入圖書館前的二十七年精彩書商生涯寫成一本回憶錄《萬卷更勝百城》（*Dukedom Large Enough*），書名取材自莎士比亞劇作《暴風雨》（*The Tempest*）中的一句引言：「我的藏書比我的領土還可貴」（My library was dukedom large

朗諾‧藍道先生（左上）於1975年在舊金山創立「藍道之家古書店」，1985年將書店搬遷至聖塔芭芭拉這座古宅。藍道先生系出名門，自幼就在珍本古書的環繞下成長，見多識廣。他的父親大衛‧藍道（David Randall）（右上）更是美國古書業界中的傳奇人物。這兩位藍道，可說是西洋古書業中最知名的父子檔之一了。

藍道之家古書店的主廳，是該店主要的交易場所。光看氣派，便自不凡。整面的落地窗引入戶外陽光綠意，一塵不染的光亮書櫃、書桌、雕花椅，讓人心曠神怡，加上參差插架的珍本古籍，就算不買，能在這裡靜靜看上一回書，也算是人間福報了。我從來不曾想擁有一家書店，直到看過了藍道之家，尤其這間主廳之後。

角落旁的書堆造型雕塑成了放置藝術品的最佳展示台。（上）

藍道之家古書店名副其實就是「藍道先生之家」。這裡不僅是藍道先生工作的地方，也是他生活與休憩之所。（右）

enough）。這本書成了對書店軼事感興趣者必讀的經典之一，我自己的書架上自然也少不了這本書。

藍道先生表示，他年輕時，基於反叛心理，一度極為排斥與光芒四射的父親從事相關的行業。因此一直到了三十五歲時，才聽從內心的呼喚，正式進入古書業。他因自小就在珍本書的環繞下成長，見多識廣，1970年代師承舊金山最負盛名的「約翰‧豪爾古書店」（John Howell Books），而於1975年在舊金山鬧區自立門戶。爾後因喜愛聖塔芭芭拉宜人的氣候與清幽的環境，才於1985年搬遷至此。

除了書店主區外，藍道先生還在訪談過程中，引

店 中可以看到許多裝訂精美的古書，圖中最前方那本《聖經》，就是一個最佳範例。

領我前前後後參觀這棟被稱為「宮則斯—拉麥慈泥磚屋」（Gonzales-Ramirez Adobe）的國家級地標。原來此建築蓋於1825年，當時加州還是墨西哥的領地。第一任屋主拉菲爾‧宮則斯（Rafael Gonzales）曾是該時期聖塔芭芭拉的第一任市長。後來，他將泥磚屋轉讓給自己的女兒，其家夫姓氏為「拉麥慈」（Ramirez），建築物之名因此而來。泥磚屋的每個房間都擺滿了書畫，而且幾乎都有壁爐與舒適的桌椅，像極了西方藏書家的私人住所。正當我心中閃過這念頭時，最後參觀的一個廂房赫然出現一張大床和衣帽間。原來這棟泥磚屋不僅是藍道先生工作的地方，也是他生活與休憩之所呢！「藍道之家古書店」名副其實就是「藍道先生之家」。

純欣賞也無妨

就古董書商而言，住家與書店結合的情形並不少見，但多數既不對外開放，也沒有固定營業時間，多半都採預約會面方式。你若對古書沒什麼概念，只是想上門隨意瀏覽，非常抱歉，這類住辦合一的書商多半沒興趣搭理你。「藍道之家」百分之五十的營業額

Randall House
Rare Books　Fine Art

835 Laguna Street
Santa Barbara
California 93101

(805) 963-1909
(805) 963-1650 fax

pia@piasworld.com
www.piasworld.com/randall/

藍道之家古書店的書籤上所用的圖像，是由19世紀末、20世紀初的浪漫主義藝術家N.C.魏斯（N. C. Wyeth）所繪，最早用於史蒂文森（Robert Louis Stevenson）的作品《黑箭》（*Black Arrow*）一書的書名頁。而今魏斯的這幅原版畫作就掛在店中，成為鎮店之寶，它當然是屬於非賣品。

大概來自於不到二十位與主人長期建立關係的嚴肅收藏家，他們購買的多是書店中高檔的珍品，書價動輒上千或上萬美元。然而，和前述書商大不相同的是，藍道先生總對書店過於隱密、來訪者太少而有所遺憾。而我這也才回想起，逗留了一整個上午，還真不曾看到其他訪客！他非常歡迎人們前來參觀，所以書店每星期開放六天。他還特別強調，這裡還是有閱讀性高、價格低到數十美元的書，就算不買書，純欣賞也無妨。

對於能進駐這棟風格獨特又具古意的泥磚屋，藍道先生滿心感激。工作與休閒在此已無界線，他真誠

地希望別人能到此感染古書與古建築所散發出的歷史感。的確,只有極少數幸運的書商有機會以內景、外景皆美的國家級地標作為他們的基地。我希望也能擁有這麼一家書店的夢想大概个易實現,但是由於藍道先生的無私,卻使我們這些不論愛書與否的俗民大眾,都能有幸造訪他的王國、分享他的喜悅。(初稿發表於2002年5月)

藍道之家古書店

住址:835 Laguna Street, Santa Barbara, CA 93101
電話:805-963-1909
網址:www.randallhouserarebooks.com/

書迷的香格里拉
A Book Lover's Shangri-La

一般傳統的書店、書攤，都會把書與書架擺在能遮風避雨的建築物裡。然而，巴慈書園除了把價錢較昂貴的珍本書擺在三間小屋之外，其餘十多萬冊二手書，全部陳列在戶外的開放書架上。

小城歐海（Ojai），位於美國洛杉磯西北方約八十五英哩、聖塔芭芭拉東南方三十五英里處，這個人口不到一萬的小城，因為早期電影《失落的地平線》（*Lost Horizon*）以此為拍攝的背景而聞名。影片正是改編自英國作家詹姆斯・希爾頓（James Hilton）1933年出版的同名暢銷小說。

從克里希那穆提說起

隱身在群山圍繞的山谷中，景緻優雅、步調緩慢的歐海確實能讓人聯想起希爾頓在書中所描繪的世外

歐海因為電影《失落的地平線》以此為拍攝的背景而聞名。此外，這裡也是新時代運動心靈導師克里希那穆提所愛之處，他在此講道、辦學校，更在生命垂危時離開他的出生地印度，選擇回到此地，作為告別塵世的終點站。

桃源——香格里拉（Shangri-La）。也難怪，被尊為20世紀新時代運動的心靈導師、宗教思想家克里希那穆提（Jiddu Krishnamurti，1895～1986）在1922年初訪山谷之後，就深深地愛上了它，並且在此講道、辦學校，更在他九十歲生命垂危時離開他的出生地印度，選擇回到歐海作為他告別塵世的終點站。這

歐 海不僅保留了克里希那穆提的住屋，還成立了圖書館、研究中心與基金會，不少靈修中心也隨之紛紛出現。

「**克**」里希那穆提圖書館」的所在地曾是克氏講學、居住之處，而今成了許多靈修人士聚會、研究的中心。圖書館中收藏了不少有關克氏的資料，書架上並陳列了各種語文版本的克氏著作，其中包括胡因夢所翻譯的《超越時空》、《般若之旅》。

傑 瑞・傑克布斯
在聖塔芭芭拉
開始經營書店時,將
書店取名為「失落的
地平線」,主要是因
為他非常喜歡該部電
影,而且歐海就在附
近之故。這家書店雖
然不大,卻溫馨可
人。

裡不僅保留了他的住屋,也因此成立了圖書館、研究
中心與基金會,不少靈修中心也隨之紛紛出現。

因為《失落的地平線》、因為克里希那穆提,歐
海被冠上了「靈性之城」的封號。但是對於多數書迷
來說,一個地方無論風景如何優美、名氣如何響亮,
若是少了有特色的書店,根本就毫無魅力可言。歐海
卻因為「巴慈書園」(Bart's Books)的存在,絕對
夠格成為書迷們心目中的香格里拉。

認識巴慈書園是一則美麗的意外,主要是起於
1999年夏天一趟聖塔芭芭拉之行。我那回本來只是

「失落的地平線」是一家二手書與古董書專賣店，其販賣的書籍品相良好，價位可由數美元到數百、數千美元不等。對於我這類愛書卻無法出高價的人，這是一間差堪消費得起的書店。

想看看城中的幾家書店，首先當然是赫赫有名的「藍道之家古書店」（Randall House Rare Books）。花了一個上午欣賞完這家國際級的古書店，在與店主人藍道先生告別前，他建議我若有時間應該去車程約半小時的巴慈書園逛逛。

接下來我拜訪的另一家古書店是安那卡帕街（Anacapa Street）上的「失落的地平線」（Lost Horizon Books）——沒錯，書店名稱確確實實就是「失落的地平線」——由於書店離歐海不遠，且店主人傑瑞·傑克布斯（Jerry Jacobs）非常喜歡同名影

片，因此1986年在此開業時就取了這麼個搶眼又好記的店名。雖然這家店不大，無法和「藍道之家古書店」相提並論，卻很溫馨可人。書籍品相良好，書價從幾美元到幾百美元不等，很吸引我這類愛書卻無法出高價的人。我在這裡買到了1983年出版的《查靈歌斯路84號》精裝舞台劇本。當我滿心歡喜準備離去時，店主傑瑞竟然也向我推薦巴慈書園。

短短一天內有兩位書商居然都向我提起同一家書店，看來我沒有不去的理由。

名符其實的美麗「書園」

第二天，頂著艷陽來到巴慈書園，正巧園主蓋瑞‧許利曲特（Gary Schlichter）在園內。當他知道我是經由兩位書商朋友的引介而來訪，立即殷勤地向我講述起書園的歷史。巴慈書園所在地，原是個私人大宅院，四分之三英畝（約九百坪）的土地上，有三

有園藝學士文
憑且曾在史丹
佛大學管理庭園的蓋
瑞‧許利曲特成了巴
慈書園的繼任主人
後，在院落內外栽植
了大量花草，使得這
裡成了名符其實的書
園。無論是買書、賣
書、標書價，蓋瑞都
同樣在戶外進行。

棟面積不大的房舍，以及挺立在空曠院落中的幾株大
樹。1963年時，一位名叫李察‧巴廷戴爾（Richard
Bartindale）的書商決定在此專賣二手書與珍本書。

　　該怎麼來形容巴慈書園呢？一般傳統的書
店，想當然耳，都會把書本與書架擺在能遮風避
雨的建築物裡，就連一些路邊小書攤也多半是
棲息於騎樓的一角。然而，巴慈書園除了把價
錢較昂貴的珍本書擺在三間小屋之外，其餘十
多萬冊二手書，全部陳列在戶外的開放書架上。
簡單的木製書架搭配架頂波浪狀的鐵皮或塑膠篷，

綠色塑膠篷帳所搭建出的空間，在書籍與植物的襯托下，彷如是一個裝置藝術區。（上）

在戶外賣書的景象，我也看過不少，但是卻不曾見過像巴慈書園般的迷人。那株大樹下的桌椅讓人看了忍不住要從旁取一本書坐下，好好消磨一整天。
（下、左頁）

在庭院中，就像是一件件的裝置藝術般。李察這戶外賣書的點子，主要是來自巴黎塞納河畔書攤的啟迪。

　　望著環繞著圍牆和大樹的書架與書籍，我想與其稱這個地方為「書店」、「書攤」，還不如「書園」來得貼切。特別是自1976年起，擁有園藝學士文憑且曾在史丹佛大學管理庭園的蓋瑞成了巴慈書園的繼任主人後，更是在院落內外栽植了大量花草，使得這裡

巴慈書園雖然將大部分的書陳列在戶外的開放書架上,但是書園中還是有三間小屋擺置一些價錢較昂貴的書。

成了名符其實的書園。

　　如此特別的一處戶外賣書園地,來過的人都留下深刻印象。不少外地人因而一再重返。一位住在聖地牙哥的男士就向我表示,自從他在數年前,因公到歐海開會時發現了巴慈書園後,每隔一陣子就會和朋友一起來尋書;我還碰到了在芝加哥羅耀拉大學(Loyola University)任教的一位女教授漢娜・洛克威爾(Hannah Rockwell),帶著她的一雙女兒雅曼達(Amanda)與史蒂芬妮(Stephanie)在書園裡瀏覽。漢娜說,她成長於附近的小鎮,童年許多時間

都是在這裡度過的。雖然她已搬到芝加哥，但每次回家渡假，一定會帶著孩子到巴慈書園逛逛。除了重溫舊夢以外，也希望孩子能擁有她兒時的經驗。

巴慈書園星期一公休，星期二到星期日下午五點半就打烊。沒打探清楚營業時間而吃閉門羹的訪客，即使無法一窺書園內究竟，也不至於敗興到空手而歸。書園外面的兩片圍牆上還釘掛著十來個開放書架，上面擺置了約一千本的廉價二手書。大門旁的一塊木片上則寫著：「打烊後，請按照書上所標價格將錢投入門孔中。」原來，大門後掛了個類似信箱的盒子，門前則開了個投錢口。入夜之後，不時可以看到一些睡不著覺的夜貓族舉著手電筒在巴慈書園牆外的層架上找書，以便帶回家或旅館閱讀。當然，臨走時，他們總不會忘記將錢塞入門孔中。這項考驗人性的榮譽措施，從開園以來就一直存在，三十年來只有極少數的人會白拿書而不付錢。雅賊並非巴慈書園的

文並茂的藝術類別書，就算是二手書，價錢也比一般文字書高，巴慈書園有一室內專區放置此類藝術書。

很 多人是衝著克
里希那穆提而
來拜訪歐海，巴慈書
園當然有一個克里希
那穆提的相關書區，
牆上掛著克氏的各種
照片。

在 巴慈書園可以
看到不少大人
帶著孩子同行。例如
成長於附近小鎮的芝
加哥羅耀拉大學女教
授漢娜‧洛克威爾，
於暑假期間帶著她的
兩個女兒在書園裡瀏
覽，希望孩子也能擁
有她兒時在此消磨時
光的經驗。

憂慮，真正讓園主蓋瑞傷腦筋的其實是冬天的雨季。在宅院中餐風露宿的十來萬冊二手書，碰到毛毛細雨時，頂上的鐵皮或塑膠篷雖然能遮擋一下，但是傾盆大雨來襲時，蓋瑞可得忙著拯救它們！——每當我想到歐海的巴慈書園，我的腦海中不禁響起一陣樂音：

> 這美麗的香格里拉
> 這可愛的香格里拉
> 我深深的愛上了它
> 我愛上了它……

（初稿發表於2004年1月）

巴慈書園
地址：302 W. Matilija Street, Ojai, CA 93023
電話：805-646-3755

失落的地平線
地址：703 Anacapa Street, Santa Barbara, CA 93101
電話：805-962-4606

書　園外面的圍牆上釘掛著十來個開放書架，上面擺置了廉價二手書。大門旁的木牌上則寫著：「打烊後，請按照書上所標價格將錢投入門孔中。」原來，大門後掛了個類似信箱的盒子，門前則開了個投錢口。這項考驗人性的榮譽措施實行三十年來，只有極少數的人會白拿書而不付錢。

愛書人的金礦
Gold Cities Book Town

曾幾何時，這個因金礦發跡，卻又幾乎一度被廢棄的區域，以大自然的
美景與低廉的房價吸引了一群人，背離大都會，到此自由自在地生活、創作。
除了眾多書商之外，還擁有上百位作家、藝術家，人文素質之高，令人讚佩。
當地居民甚至在1998年投票表決，同意「加稅」以補助圖書館的經費。

美麗的優巴河是
內華達郡的源
頭活水。

2001年2月初，我到了美國加州舊金山灣區，當時正巧是奧斯卡金像獎公佈入圍名單之際，台灣製作的武俠片《臥虎藏龍》，聲勢浩大，獲得十項提名。在一片熱潮中，我發現周遭的西方友人已紛紛到電影院觀賞了這部影片，反而是我這個台灣人成了唯一的缺席者，只不過在這同時，我驅車向東行駛，探訪一個現實生活中真正的「臥虎藏龍」之地──內華達郡（Nevada County）的內華達城（Nevada City），這已是我第三度造訪此處了。

即使是加州的居民，很多人聽到「內華達郡的內華達城」時，大概都會以為它位於隔鄰內華達州境內。事實上，這個有著豐富自然與人文資源的世外桃源就在加州的東北部，距離舊金山僅三個多小時車程。每回想到「內華達城‧加州」這個看似錯誤的組合，我就不禁聯想起電影《巴黎‧德州》（*Paris, Texas*）的片名，片中的「巴黎」指的不是法國的巴黎，而是德州的一個城鎮。

隱居在附近山林多年的普立茲獎得獎詩人蓋瑞‧史耐德（Gary Snyder）曾經開玩笑地對我說，採用

這個地名是故意要混淆視聽，以便讓外人找不到。不過就史實記載，內華達城早在1850年就已率先使用「內華達」為地名。內華達（Nevada）在西班牙語中是「覆蓋著雪」的意思，此處位居內華達山脈的北端，海拔2500英呎，四季分明，冬季時節真的會飄雪。誰知東邊的新州成立，卻也選用（或僭用）「內華達」當州名，為了區隔起見，只好迫不得已在「內華達」之後再加個「城」字，畢竟小不敵大。

造型優雅的老式煤氣燈加上維多利亞式、殖民時期風格的建築，暮色中的內華達城美得令人屏息。

鎮上93棟保存良好的維多利亞式房舍，被列於國家登錄的歷史建築物名單中。這棟1856年的建築原為當時的一位參議員所有，而今已成為B&B旅店。

典型淘金熱城鎮

稱呼這個只有三千居民的地方為「城市」，確實是有些滑稽。但是在一百五十年前，美國西部普遍還是蠻荒之境時，內華達城卻曾有過一萬居民，投票人數僅次於舊金山與沙加緬度兩地。以當時的標準看來，的確可以算得上是大城。一度繁華的內華達城是典型1849年淘金熱下快速建立的城鎮，早年因為發現金礦而吸引了人潮，包括為數不少的中國勞工，先是採礦、後來又修築鐵路，城裡因而出現了華人區，其中有華人經營的各式商店、賭房、鴉片屋、妓院，甚至還有供人膜拜的廟宇。

日後美國實施「排華法案」，加上金礦業衰退、鐵路完修，以致華人逐漸減少，現今在鎮上幾乎已見不到華人的足跡。但是先前華人區所在的商業街附近，卻依然可見街道名以中英文共同標示。有家販賣中國飾品的禮品店，乾脆就掛著斗大的中文店招

「金花貿易」，裡面還掛著「回頭是岸、幸福快樂」的中文對聯。不遠處的文化博物館內且供奉著百年多前華人建立的神壇，郊區甚至保留了一處相當完整的中國墓園，入口牌坊上書

中英文「雲屏別墅」、「Chinese Cemetery」。墓碑則純是中文，有的以光緒紀年記載死者卒年。這個氛圍一點洋味都沒有，中國人即使葉落未歸根，還是在這最後的一個居所上守住傳統的形式。

小鎮維護歷史的苦心處處可見，幾條主街上的照明設備是老式優雅的煤氣燈，鎮上九十三棟保存良好的維多利亞式、殖民時期風格的屋宇，被登錄於國家歷史建築物名單中，其中的「國際旅館」（National Hotel）更號稱是加州現在仍持續營業的最古老旅館。我在街上閒逛時，還可見一旁達達而過的馬車，令人有走入時光隧道的錯覺。最讓我這隻書蟲傾心的是，在這迷人的氛圍中，竟然聚集著十來家專賣二手書與古董書的書店，成了名副其實的「書鎮」（Book Town）。

書鎮從頭說起

在西方書業界，「書鎮」指的是在一個偏遠、人口稀少、自然景觀優美的小地方，聚集眾多風格迥異的獨立書店經由適當地宣傳，吸引外地愛書人來訪，使得這個書鎮成為一個旅遊景點，因而帶動當地的經濟繁榮。書鎮中的書店，原則上都是以販賣絕版書為

以中英文書寫的花園立牌與墓園牌坊，位於內華達郊區。內華達市區內已經少有中國人的蹤跡，但市區唯一的一家小型超商，竟然是由一對來自香港的夫婦香健強與劉仙桃所經營。香先生幾十年前曾是香港僑生，在師大體育系求學，因此對台灣來客極為親切。

由於淘金熱及鐵路工程，內華達城曾經引來不少華人勞工，他們還建立了自己的社區。雖然現在已經人去樓空，但鎮上依然可見到一些殘存的中國風，例如壁畫、神壇、佛像、中文對聯等。

Courtesy of Searls Historical Library

主的二手書店或古董書店，以別於一般都會中只賣新書、暢銷書的連鎖書店。如此一來，不管是喜歡撿便宜或偏好稀有珍本書的愛書人也才都會趨之若鶩。

　　這個書鎮的理念起始於英國一位名喚理查・布斯（Richard Booth）的奇人。1961年時，他將威爾斯一個只有一千三百居民的英國小鎮黑-昂-歪（Hay-on-Wye）建立為全世界第一個書鎮，到了1970年代中期，布斯已擁有二十餘名員工和一百多萬冊書，並且在1976年名列金氏紀錄上擁有最多二手書的人。我在幾年前跋山涉水親訪黑-昂-歪書鎮時，布斯得意

這 棟1861年的建
築，曾經是內
華達城的消防站，而
今被闢為文化博物
館，其中有一座百年
前華人供奉膜拜神明
用的神壇。

地對我說：「即使百分之九十九的人覺得某一本書無
趣，終究還是會有人需要它；而當一個小鎮擁有形形
色色的舊書時，即使這個小鎮地處深山老林，也總還
會有人不遠千里而來。」他在國際間積極鼓吹這個理
念，盧森堡、法國、荷蘭、瑞士、馬來西亞等地因此
紛紛都出現了書鎮。

內華達城「布麗葛頓書店」（Brigadoon Books）
主人蓋瑞·史多樂力（Gary Stollery）在1995年冬
天拜訪過黑-昂-歪後，對布斯以書造鎮的概念深深著

迷。由於內華達城與隔鄰的姊妹鎮草原谷(Grass Valley),本來就有不少書店與在家經營的書商,於是史多樂力返鄉後,就積極地將兩鎮所有書商組織起來,打出「金城書鎮」(Gold Cities Book Town)的名號,聯手共創美國西岸第一個書鎮。1997年12月底,布斯夫婦受邀到此與七十五位書商歡聚一堂,並以「國際書鎮之王」的身分為他們加持。

逛逛金城書鎮

這個書鎮成立後,我就略有耳聞,但是一直到2000年2月初才首次造訪。記得我抵達內華達城時,已近中午時分,由於不是假日、天候又不佳,在街頭商店一片冷清中,我闖入的第一家書店正是布麗葛頓書店。裡面分隔了好幾區,中央主區放置蘇格蘭、英國的文學與旅遊書籍,對照著店內牆上掛著的蘇格蘭裙及英國鄉間明信片,便可以知道這家主人的愛好了。

布麗葛頓(Brigadoon)這個名詞源於同名戲劇,劇中描述蘇格蘭高地有一個在地圖上找不到的小鎮「布麗葛頓」,每一百年才在人間出現一天。繫著

哈洛茲（Harrods，倫敦最高級精美的百貨公司）圍裙、一團和氣的女主人卡拉琳達（Clarinda）對著我這唯一的顧客笑咪咪地打招呼，引導我參觀後面的藝術書區及一個可愛的兒童書區，當她知道我是個專門報導書店的書蟲後，立刻撥電話給連日來在家中昏天暗地忙著報稅的丈夫蓋瑞‧史多樂力，要他專程遠道開車前來會客。趁著等待的空檔，我便先到其他書店逛逛。

斜對面的「博德街書店暨咖啡座」（Broad Street Books & Espresso Cafe）是鎮上唯一有露天咖啡座的迷人書店。雖然天候不佳，外頭沒坐半個人，但是店內卻很熱鬧。年輕英俊的老闆傑森‧塔斯塔（Jason Costa）看起來像個大都會的雅痞，他和妻子婚前就一起頂下這家店，為了婚後能讓小孩在這個小而美的社區度過一個優質的童年，他們選擇在此定居。這家書店以旅遊書為主，總共有七千多本書，外加各國及各大城市的地圖。由於旅遊書以迅速實用的資訊為主，店中倒是以新書為主，不過還是有不少旅遊文學類的二手書。

隔鄰「山屋書店」（Mountain House Books）

「布」洛德街書店暨咖啡座」專賣旅遊書，同時也是鎮上唯一有露天咖啡座的迷人書店。

山屋書店的店主人是罕見的丈母娘和女婿的搭檔，丈母娘菲麗絲·芭茲曾是圖書館員，女婿李奧納多·伯拉迪之前任職於印刷業，兩人對書各有專長。他們所販賣的是年代比較久遠、裝訂較精美的古董書，主要以加州和美西早期拓荒史為主。

的店主人不是夫妻檔，而是罕見的丈母娘與女婿的搭配。丈母娘菲麗絲·芭茲（Phyllis Butz）曾是圖書館館員；女婿李奧納多·伯拉迪（Leonard Berardi）之前任職於印刷業，兩人對書籍各有專長。他們販賣的是年代較久遠、裝訂較精美的古董書，主要以加州與美西早期拓荒史的書籍為主。

　　當我從店中出來，走在博德街上朝別家書店張望時，一位頭戴呢帽的陌生男士迎面而來，他居然親切地開口叫著我的名字。我大概楞了三秒鐘，接著回過神來，喊著「嗨，蓋瑞！」是的，此君除了是布麗葛

頓書店的主人蓋瑞‧史多樂力外，再不可能是別人了，想必是太太卡拉琳達要他出來尋人的——由此也可見這小鎮有多小，外來客一眼就可以被認出。熱絡的蓋瑞立刻就以地主兼書鎮教父的身分，當起我的導遊來了。

我們接著走訪了「和諧書店」（Harmony Books）。這是一家新舊書並列的溫暖的書店，裡面除了文學書以外，其餘大部分是以心靈成長、宗教為主題的書籍，此外還有與當地風土文物相關的書，為數不少。這家寬敞的書店同時也是社區的小型文化中心，經常有藝文活動在此進行。

「月光書店」（Moonshine Books）是鎮上最小的一家店。不僅面積小，連店主人約翰與愛琳（John Flecher & Irene Nicolas）的個子也一樣很袖珍。由於父親曾在上海傳教，愛琳就是在那裡出生的。她同時也是一名藝術家，她那具有神秘色彩的油畫還印製成明信片在店中販售。約翰則曾在舊金山灣區當了十多年警察，夫婦兩人後來過著吉普賽式的生活，在聖塔菲市集賣畫、賣書，爾後搬到這附近並開了這家書店，以販賣東方哲學、心靈成長類的二手書籍為主。隔鄰的「內在聖堂」（Inner Sanctum）與附近的「主街古董與書店」（Main Street Antiques & Books）都選擇將古書與古董結合在一起，讓兩者熠熠生輝，實在是完美的搭配。

那天的最後一站，我們來到書商兼出版商卡爾‧孟茲（Carl Mautz）的工作室。挑高的空間搭配品味不凡的家具、裝飾品，藝術氣息十足。卡爾年輕時就繼承父兄的衣缽，進入法學院並順理成章成了律師。然而，他的最愛與副業卻是收藏與經營老照片。1995年，他告別近三十年的律師生涯，將副業變成

曾任警察的約翰與藝術家妻子愛琳，是月光書店的主人。

「主街古董與書店」與「內在聖堂」兩家店有志一同，把書與古董結合在一起，店中因此充滿懷舊氣氛。

本業，並自創出版社，出版以攝影為主題的藝術書。卡爾視攝影為展現歷史與藝術的媒介，紀實的老照片更是他最愛中的最愛。他喜歡透過它們，進入一場時空漫遊，回到過去的情境之中。

才一天的時間，我在內華達城就已豐收纍纍。只不過我所挖掘的人事物僅是金礦的一小部分而已。蓋瑞得意地對我說，郊區還有一些與書業相關的人及藝術家，諸如作家、民謠歌手、古籍修復師和印刷師等。至於也位於內華達郡中的隔鄰草原谷，我根本還未有時間探訪，更別提在書店仔細的挑書、買書了。為此我決定於一星期後重返，並多逗留幾天，投緣的

蓋瑞則應允為我在當地聯繫採訪事宜。

商兼出版商卡爾‧孟茲在藝術氣息十足的工作室中。

與詩人相會

第二回的書鎮之旅有更多的驚喜等著我。人才剛抵達，蓋瑞即刻告訴我，另一位蓋瑞——以《龜島》（ *Turtle Island* ）一書獲得1975年普立茲獎文學獎項，大名鼎鼎的詩人蓋瑞‧史耐德——隔日願意與我晤面。這消息讓我喜出望外，卻也一陣心慌。我自然知道史耐德是美國1950年代「敲打運動」（Beat Movement，美國的文學兼社會運動，被視為日後嬉痞運動的前身）少數碩果僅存的祖師級人物，和作家傑克‧柯魯亞克〔Jack Kerouac，成名作《在路上》（ *On the Road* ）〕、詩人艾倫‧金斯堡〔Allen Ginsberg，四十餘年前以赤身裸體朗在藝廊朗誦詩篇《嚎》（ *Howl* ）而名譟一時〕等齊名。史耐德也因柯魯亞克以他為藍

二次大戰之後崛起的「垮掉的一代」（the Beat Generation），代表人物包括作家柯魯亞克、詩人金斯堡與史耐德，他們成群結黨，過著放蕩不羈的生活，自成文學流派，且下啟1960年代嬉痞之風。金斯堡最驚世駭俗的一次活動是赤身裸體在藝廊朗讀其詩作〈嚎〉。日後成為該派大本營的舊金山「城市之光」書店的牆壁上，至今仍高掛著這一張歷史照片。

本，被描繪成《達摩流浪漢》（The Dharma Bums）書中那位擅長登山的智者傑菲‧賴德（Japhy Ryder），而成了當時年輕人的偶像。

史耐德曾在加州大學柏克萊分校東語系就讀，研習中國與日本語言、文化與書法，翻譯過唐詩、寒山詩，並於1956年到日本京都學習日文與禪，一待就是十二年。回美國後不僅著述不輟，還投身環保運動。這是我腦中對史耐德的基本資料。直到初訪內華達城，我才知道，原來他自1970年代起就已定居於鄰近深山中。由於自己學藝不精，並未閱讀太多史耐德作品，於是臨陣磨槍，買了一些他的詩文來惡補。

和史耐德會面的過程本身就是一個永不磨滅的記憶。他居住的地方，位處更隱蔽的聖璜嶺（San Juan

Ridge），於是相約在附近的一間酒館碰面。從鎮上沿著四十九號公路向北攀爬，群山環繞、緯度不斷上上下下。急湍的優巴河（Yuba River）從中穿越，沿途奇異的景色彷如南方優勝美地國家公園與台灣太魯閣國家公園的綜合體。蜿蜒近半小時後，在幾乎不見人煙的山林中頓時冒出一間酒館，讓人頗有場景錯置之感。我才剛坐定不久，詩人即飄然而至。

　　已經七十歲的史耐德，舉止輕盈，一點也不顯老態，絕非五穀不分、四體不勤之輩，這和他自幼熱愛大自然、戶外活動與勞動有關。他有一般文人少有的經歷：年輕時就開始攀爬各大山峰，並曾擔任森林火災瞭望員、伐木工人、碼頭工人、水手等需要大量體力的工作，因而對荒野生態產生了無限的崇敬與依戀，這不僅是他文學創作的根源，更使他成為生態保育健將。

普　立茲獎得獎詩人蓋瑞・史耐德為內華達郡的精神領袖，2000年2月我與他在內華達城聖璜嶺的一場會面，成了日後我腦海中一則美好的記憶。

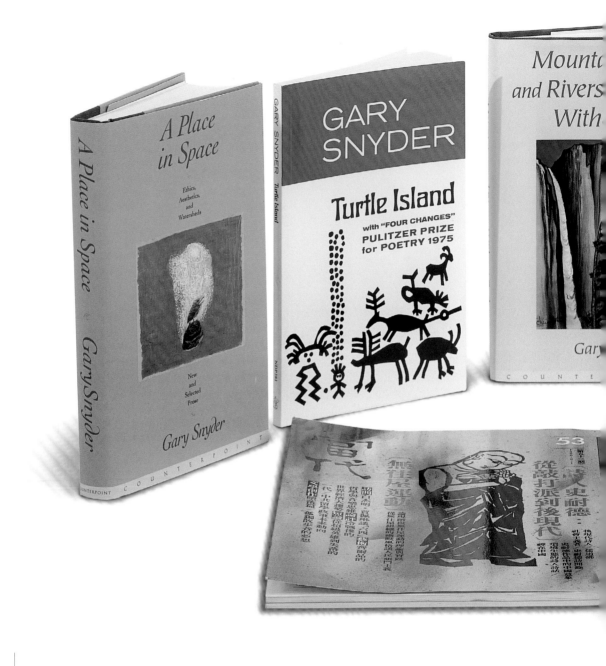

當西方遇到東方

我 手邊擁有的這些蓋瑞‧史耐德作品，或有他的簽名、或是限量發行，而今它們已成了不少書商覬覦的對象。

當西方遇到東方

　　席間他提到與東方的淵源，竟緣於十歲時的一次西雅圖美術館之旅。在某次參觀中，他生平首次看到捲軸上的傳統中國山水畫，這讓年幼的他震撼不已。他說當時驚覺畫中一切的景致、人物與意境是如此的

熟悉，他心目中的世界應該就是畫中呈現的樣態。我
隨口說自己正好與他相反，我對東方文化感動不多，
碰到西方文明卻倍感親切、一見如故。史耐德眨眨眼
睛，神情可愛地說：「這不正是生命中的趣味嗎？」

　　與史耐德這段關於東西文化的對談，在我日後重

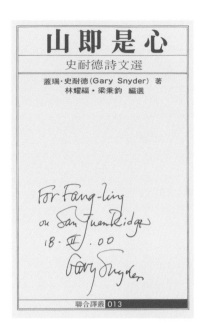

山即是心
史耐德詩文選

蓋瑞‧史耐德（Gary Snyder）著
林耀福‧梁秉鈞 編選

For Fang-ling
on San Juan Ridge
18.Ⅲ.00
Gary Snyder

聯合譯叢 013

這 本中譯本原是史耐德手邊最後一本，為了不錯失得到他簽名本的機會，我只好厚顏索取，並允諾回台灣後幫他另覓幾本，最後我也完成了這個承諾。

讀《達摩流浪漢》中一段對話時，感觸更是良多。書中主人翁雷蒙‧史密斯（Raymond Smith, 柯魯亞克的化身）對傑菲‧賴德（史耐德的化身）提到：「艾瓦（Alvah Goldbrook; 艾倫‧金斯堡的化身）說當像我們這樣的人都熱中於穿長袍、成為道地的東方人時，真正的東方人卻在彼端讀超現實主義和達爾文，而且對西裝著迷的不得了。」傑菲回應道：「東方與西方終究會相遇，想想當兩者相遇時，什麼樣偉大的世界革命會發生？那將是像我們這一類人所能發動的。」現今東西方相遇卻無法相知相惜的紊亂局勢，絕不是懷有浪漫情懷的傑菲（或史耐德）理想中的美好境界。

雖然史耐德曾待在日本多年，並娶了日本妻子，最後卻還是受到美國西部群山的召喚而回來。「為什麼定居於內華達城？」「為什麼不呢？」史耐德反問。內華達城彷如美西的中心點，位居加拿大與墨西哥之間。由此開車往北或往南，在一天之內就可抵達邊境；往東則可達美國中部，向西開車僅三、四個小時即可達太平洋濱的舊金山。首府沙加緬度有國際機場，開車也不過一個多小時。邊陲被說成是中央，可見史耐德眼界、心胸之寬廣。不過真正吸引他的應是當地的奇山異水。他不僅享受這裡的美，還積極地投入當地的保育計劃。在鄰近加州大學戴維斯分校教授文學創作之餘，也以自然與文化為主題開課。他的隱居帶有佛家、道家的出世精神，積極的活動卻又具有儒家的入世觀，難怪他要將自己喻為「儒釋道的社會主義者」。

當被問及，他總是被評論家拿來與《湖濱散記》的作家梭羅（Henry D. Thoreau）相提並論時，數度結婚、育有子女的史耐德俏皮地辯駁說，他們兩人

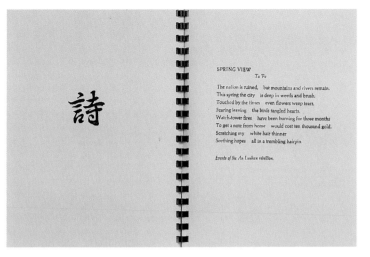

有極大的差異點，那就是獨身又獨居的梭羅，既沒有家庭生活、也沒有性。服膺自然的他，卻認為性即是自然。

訪談在互相交換個人的著作中接近尾聲，我趁機將四處蒐購來的幾本史耐德的著作拿出來請他簽名，並送上台灣帶來的凍頂烏龍茶。開心之餘，他又從包包中掏出一些寶貝送我：一本是1990年9月出版的台灣《當代》雜誌，那期以他的精彩生平與作品作為專題報導；另一本是他的《英譯唐詩十六首》（*Sixteen T'ang Poems*），其中包括孟浩然的〈春曉〉、張繼的〈楓橋夜泊〉、杜甫的〈春望〉等，史耐德曾在柏克萊大學隨陳世驤教授學習唐詩宋詞，特別以此書紀念恩師。這本乍看素樸、僅二十六頁的小冊，其實製作過程極考究。以手工印刷、裁切，其中一頁木刻版畫出自日本藝術家，只限量生產一百二十六冊，每冊都有史奈德的漂亮簽名，一百本以數字編號出售；二十六本則是以大寫英文A到Z編碼，由作者、製作者保留。我收到的這本冊子竟然是編號Q的保留本，實在是彌足珍貴！最後一本書是他的第一本中譯詩文選，書名為《山即是心》（聯合文學出版），他對這本書猶

這冊厚僅二十六頁的《英譯唐詩十六首》，是史耐德為了紀念恩師陳世驤教授而編印，裝幀設計簡樸，十分符合其個人風格。書中木刻版畫出自日本藝術家之手，全部僅印126本，100本流水編號，公開發售；26本按英文字母編號，為私人餽贈之用。我所得到的是編號Q的作者簽名本，全世界僅有的二十六本之一，誰能不興奮得發抖呢？

豫了幾回，因為台灣已絕版，而他手邊又只剩下這最後一本。我厚顏請他割愛並題贈，還保證回台灣後絕對替他找回幾本。日後在朋友幫助下幸好尋得了三本，這張支票方才得以兌現。如今我手邊這些史耐德的簽名本、限量本，早已成了不少書商覬覦的對象。

「你有權保持緘默」

內華達城另一位傳奇人物當屬哈洛·柏林樂（Harold Berliner）。柏林樂早在1945年大學畢業時就遷居於此，同時成立了鉛字印刷廠與出版社，專門印製審美和收藏價值甚高的限量書籍與地圖。他並且曾在內華達郡擔任了近二十年的檢察官。1966年時，柏林樂寫下了眾所皆知的「米蘭達權利」或「米蘭達警告」（Miranda Rights or Miranda Warning）的口述內容：「你有權保持緘默。你所說的每一句話，日後都可能在法庭使用，以定你罪名。你有權諮詢律師的意見，且在問話時，要求律師在場。如果你無力聘請律師，在偵訊前，法庭將會指定一名律師給你，並代表你回答任何問題。」這段美國所有警察或執法人員在逮捕嫌犯時都得宣讀的文句，透過媒體的

傳播，幾乎所有人都耳熟能詳。柏林樂的印刷廠還曾將這段文句印製出售，成了極受歡迎的紀念品。

　　位於南邊山林中的印刷廠，同時也是一個鉛字鑄造廠。我在這兒看到了眾多造型不同的鉛字，以及印刷出來的精美成品，只能說叫人愛不釋手！無論科技如何發達，鉛字印在紙上所透出的力道與質感，卻總還是讓我深深迷戀。

　　布魯斯‧利維（Bruce Levy）是另一個值得介紹的書人。他本來是個商業攝影師，後來卻學習古籍修護與裝訂，並成了這個領域的好手。他曾擔任德州大學奧斯汀分校古籍圖書館的資深古籍維護員，因為喜愛上優巴河和鄰近自然景觀而遷居於此。他的住家就是工作室，有來自全美各地的破損古籍正躺在這裡，等待這位古籍醫生妙手回春。我登門拜訪那天，布魯斯與助理正在拯救一本1618年的羊皮書，旁邊則擺著美國巨賈、1992年總統大選候選人羅斯‧裴洛（Ross Perot）委修的一本1919年出版、關於一次大戰的書。悠揚的音樂聲在室內飄盪著，兩人不時停下來啜飲幾口高腳杯內的白酒──修復古籍之於布魯斯，既是工作，也是一門藝術、一種享受。

柏　從淘金鎮到書鎮林樂所成立的鉛字印刷廠與出版社，專門印製審美、收藏價值高的限量書籍與地圖，現在交由女婿法蘭克‧卡布羅（Frank Cabral）掌管。（左上）

古　籍的醫生布魯斯‧利維正對一本書進行「解剖」、「縫合」的手術。桌上的那杯白葡萄酒，是他工作時放鬆心情的最佳飲料。（右上）

謠歌手、說唱
藝術家猶他·
菲力普（右）與史坦
貝克專家兼藏書家歐
寶·布朗森（左）。

內華達城還有一位名人，就是猶他·菲力普
（Utah Phillips）。這位一頭白長髮的老先生是北美洲
極著名的民謠歌手、說唱藝術家、幽默家、勞工支持
者、無政府兼反戰主義者。他長年帶著一把吉他四處
吟唱、說故事，內容皆以嘲諷資本主義為主，替社會
中下階級的小人物、勞工發聲，自稱是流浪漢、遊
民，為草根藝術家的代表。

這幾年，他因與特立獨行的年輕前衛搖滾民謠女
歌手安妮·迪芙藍寇（Ani DiFranco）合灌唱片而
擄取了不少年輕人的心。他的鄉村歌曲曾獲得1997
年葛萊美獎最佳民謠唱片提名。我是在葛利布頓書店
巧遇菲力普，與他同行的是歐寶·布朗森（Orval
Bronson），此君專研小說家史坦貝克原著改編的劇
本，並因此出版了一本專書。他手邊收藏有高達三百
本的史坦貝克初版著作，部分在2001年2月舊金山的
一次古書拍會中悉數售出，還賣了非常漂亮的價格。

走近草原谷

接下來幾天，我把時間花在隔鄰的姊妹市草原
谷。一如內華達城，草原谷也曾是個淘金鎮。輝煌一

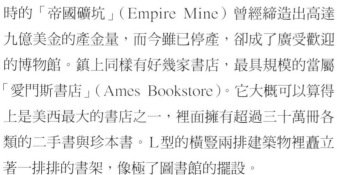

父女檔哈利・愛門斯及女兒德蘿拉是「愛門斯書店」的創辦人，店中有超過三十萬冊的書，一排排的書架，像極了圖書館的擺設。

時的「帝國礦坑」（Empire Mine）曾經締造出高達九億美金的產金量，而今雖已停產，卻成了廣受歡迎的博物館。鎮上同樣有好幾家書店，最具規模的當屬「愛門斯書店」（Ames Bookstore）。它大概可以算得上是美西最大的書店之一，裡面擁有超過三十萬冊各類的二手書與珍本書。L型的橫豎兩排建築物裡矗立著一排排的書架，像極了圖書館的擺設。

這家書店原來是位於洛杉磯東南方的小市鎮惠特（Whittier），由一對父女檔哈利・愛門斯（Harry Ames）與女兒德蘿拉斯（Dolores）在1968年時創

Courtesy of Ames Bookstore

 立於1968年的「愛門斯書店」原本位於洛杉磯東南方的小鎮惠特，這是他們當時所發行的明信片。

「愛門斯書店」的吉祥物。

立。哈瑞本來是學校教師，一直喜愛閱讀，當時年方十八的女兒方才結婚，先生迪克（Dick Slavin）便離家參加越戰，於是便和父親一起開書店。等到迪克退伍之後，也加入這一家族行業。1987年南加州大地震，書店建築整個倒塌，於是他們舉家遷移至草原谷，在此重新開業。七十多歲的哈利至今仍然活躍於店中，每一書區的分門類別，都是他用簽字筆親手書成；德蘿拉斯總是笑盈盈地在櫃檯裡向客人致意；迪克則坐鎮珍本書區，對於賣出的寶貝書，他總有著萬千個不捨。

草原谷麥特曼道（Maltman Drive）上的一個小型商圈內，有間佔地一千五百平方英呎的建築物，是由十多位書商共同承租的集合書店，就稱為「書鎮書店」（Booktown Books）。店中隔成一個個的書區，分屬不同的書商。每個人負責自己書區內的書種與擺

多位書商在草原谷共同承租的集合書店，就稱為「書鎮書店」。

設，並與其他人輪班留守整個書店。這種合作社模式的經營方式，非常適合書種不多或是不想整天被綁死在店裡的書商。這家書店聯合國裡，臥虎藏龍，各有千秋，我對其中的一區「失落的馬」（Lost Horse Books）印象最深刻，這個書區全部陳售與馬相關的書籍，其間一些馬的擺飾極為搶眼。四十三歲的女主人戴博拉（Debra Klever-Dobbins），在小學時，曾經是個極度排斥書籍的女孩，卻對馬匹著迷的不得了，將零用錢一點一點存起來，為的只是能在馬背上騎一騎。後來一位老師誘引她，若想知道更多馬的故事、進入馬的生活，非得靠閱讀不可。自此戴博拉心甘情願地接近書籍，生命中前後擁有十匹馬，並成了專賣馬書的人了。

隔鄰是一個咖啡店與書店的組合。書店主人艾瑞克·童卜（Eric Tomb）在內華達郡經營書店已有近三十年歷史，先後開過幾家書店。1997年在此開了「童姆斯書店」（Tomes Books），專賣宗教、哲學、歷史、語言類書籍。擁有哈佛大學與加州大學分校柏克萊文憑的艾瑞克，在當地頗為活躍。他同時主持一個電視節目報導時事，還是位廣播主持人，以「書鎮」

為節目名稱，訪談作家、詩人，旁及書評、書介等文學性話題。

在「書鎮」裡，有些書商並沒有公開的店面，而是透過郵購目錄或網際網路在家經營。有興趣參觀者，可以和他們預約時間登門拜訪，或是透過電話、電子郵件與他們聯絡。約翰・哈迪（John Hardy）與雷吉娜・蓋茲（Regina Gates）都是這類型的書商。早先約翰還在舊金山擔任律師之際，經常到書鎮買書。退休之後，乾脆就搬到此處並加入書商行列。曾任圖書館員的雷吉娜，則因為和她的親密愛人及小孩的共通嗜好都是古董車與摩托車，很自然就選定這個主題作為她藏書與賣書的方向了。

書鎮之光，人文之郡

除了眾多的書商之外，內華達郡還至少擁有上百位作家，以及為數不少的藝術家，人文素質之高令人讚佩。當地居民甚至在1998年投票表決，同意「加稅」以補助圖書館的經費。在其他各郡一面倒要求「減稅」的聲浪中，此地成了加州的異數。這裡不僅有一份嚴肅的文學評論雜誌《野鴨評論》（*Wild*

Duck Review），而且經常有高水準的藝文活動。

2000年8月11日舉辦的「史耐德詩歌吟誦」更是讓人津津樂道。那天晚上八點到次日凌晨兩點長達六個鐘頭的時間，史耐德在聖璜嶺一個文化中心的露天劇場首度完整朗誦他的《山河無盡》（*Mountains and Rivers Without End*）。這本書其實是紀錄個人經歷與世界觀的一首長篇史詩，被喻為20世紀中葉以降最重要的詩篇。全詩由三十九個篇章構成。史耐德早在1956年就開始動筆，歷經四十年之後，終於在1996年大功告成。在那個歷史性的一夜，自世界各地慕名而來的五百位文友齊聚一堂，大家擁著毛毯或睡袋，在史耐德或朗誦、或吟唱，以及三位音樂家的樂器與和聲伴隨下，享受了一場視覺、聽覺與心靈的饗宴。曲終吟罷，月亮已下沉，英仙座流星雨卻正以璀璨之姿紛紛劃過山頭。那真是個豐盛的夜晚！有幸參與盛會的人，無不這麼回憶著。

曾幾何時，這個因金礦發跡而又幾乎一度被廢棄的區域，以大自然的美

「童姆斯」書店主人艾瑞克‧童卜不僅是書店與咖啡店的主人，並且也是位廣播主持人，以「書鎮」為節目名稱，訪談作家、詩人，並進行書評、書介等文學性的話題。他另外還主持一個當地的電視節目，報導時事。（左）

董車與摩托車是雷吉娜一家的最愛，也是她藏書與賣書的主題。（右）

「金城書鎮之王」蓋瑞・史多樂力夫妻在書鎮裡的嶄新據點是「蟾蜍宮書店」。

景與低廉的房價吸引了一群作家、藝術家，背離大都會到此自由自在地生活、創作。諷刺的是，他們所創造出的優質環境，卻使這個偏遠地方反倒吸引不少事業有成者跟進，導致當地房地產節節上升，讓人不禁擔憂一旦過度商業化、庸俗化，利潤微薄的書店業或將無法生存了。

　　2001年初，我三度造訪書鎮，總算寬了些心，我發現所有的書店都還存在。原本迷你的月光書店換了一家面積不小的店面，擴大營業；布麗葛頓書店的女主人卡拉琳達正打算要單飛，在附近自立門戶，開一家兒童書專賣店；男主人蓋瑞則與書商約翰・哈迪忙著籌辦書鎮第一屆「淘金熱古書展」（Gold Rush Book Fair）。這個將在6月9日登場的書展，已經吸引了五十位各地的書商設攤，東岸著名的書商威廉・瑞斯公司（William Reese Company）獲邀為此次榮譽貴賓。蓋瑞興奮地對我說，書展將在約有近一百五十年歷史的鑄鐵廠內進行，會後還有大型的烤肉餐會以茲慶祝，要我得空一定到場。「到時候我人已在台灣，大概是無緣參加了。」話雖如此，我心中卻很替他們高興：這書鎮的前途看來大好。開車離開書鎮

Snow View, Nevada City, Cal.

Courtesy of Searls Historical Library

時，收音機裡莎拉‧布萊曼與盲人歌手波伽利正激越地為我唱著〈Time to Say Goodbye〉。道路兩旁、屋頂、樹梢上還堆積著前日所落下的白雪，在美聲與美景的送別中，我並不感傷，因為我知道我會再回來，心裡只是默默喊著：「Nevada, 覆蓋著雪！」（初稿發表於2001年5月）

後記：卡拉琳達日後於松樹北街（108 North Pine Street）開起她的童書店「蟾蜍宮」（Toad Hall Book Shop），店名取自英國著名的童書《柳林中的風聲》（Wind in the Willows）。丈夫蓋瑞獨守博德街的布麗葛頓書店，沒多久後，由於房東不再續約，因而將店遷入蟾蜍宮，於是夫妻倆又繼續工作在一起了。

內華達城——草原谷書商資訊
電話：530-470-9090
網址：www.hardybooks.com

淘金熱書展
地址：278 Commercial St. #49, Nevada City, CA 95959
電話：530-470-0189
網址：www.goldrushbookfair.com

在西班牙的字典中 "Nevada" 是「覆蓋著雪」的意思，海拔兩千五百英尺高的內華達城，冬季時節真的會飄雪。

【後記】一切都是為了書的旅程

有一回，某位朋友在我書架上拿了本英文書《在家與書為伍》（*At Home with Books*），內容是關於不同行業的人在家時如何與書為伍的介紹，全書彩色印刷，照片比文字還多一些，是本典型西方的咖啡書桌。朋友在快速翻閱完畢後，神情愉悅地表示：書中不少家庭養了貓或狗，這些寵物與書搭配在一塊，還真是不錯的組合！

我聽了朋友這番話，心中微微一震。這幾年為了請人訂做家中書房與客廳的兩牆書架，我不知前前後後翻了那本書多少回，好參考別人如何處置他們的書與書架。在眾多的圖片裡，我唯一有印象的，僅有一位主人抱著狗、出現在鏡頭正中央的照片，卻怎麼也不記得還有什麼貓貓狗狗夾雜其間。帶著幾分狐疑，我在友人伴隨下重新審視這本書，經他逐一指點，書中出現貓、狗的照片，竟然有七張之多，這些小動物或是藏身角落、或是隱匿桌下。

我承認，我只看得到書！

這個現象實在很有趣，無論是「見樹不見林」或「見林不見樹」，人們面對相同的景象，往往卻只注意到自己想看或感興趣的事物，彷彿腦中有一層篩網，自動把雜質過濾掉，因而忽略掉其他東西一般。這位打開我「眼界」的朋友，是位熱愛寵物之人，家中也養了隻愛犬，所以他對書中寵物特別敏感，目光很自然就被它們吸引住了。而我這個對書特別狂熱的人，每回都只緊盯其中的書架造型、結構，打量別人藏書是哪些、擺置又如何等等畫面，也就沒有留意到其中的寵物身影了。

只要是與書相關的物件與場景，都能夠引發我的興趣。

根據神經心理科學的研究，人類在認知的過程中，往往會因個人的興趣、偏好、經驗、習慣等而產生諸如「選擇性記憶」（selective memory）、「選擇性注意」（selective attention）之類的反應，而這些選擇性的篩選現象發生於我們的所有感官知覺。我這

種對書中的貓狗「視而不見」的情形，正是選擇性視覺記憶的一個範例。

我對人生的小小觀察，因此而有了小小心得：人各有癖。有了這點認識後，除了對他人的癖好見怪不怪，對自己的一些癖好也就更理直氣壯的縱容下去了！有些人愛車、有些人好賭、有些人嗜吃、有些人喜歡賞鳥、有些人則對運動著迷。我有一位朋友既不為健身減肥、更不是想與人競技，每天卻非得花一個小時跑上六七哩路，享受汗流浹背的滋味後，方才覺得一天算是完整。我的致命處，自然就是文字與書，這個被尊稱為「雅癖」的偏好，幾乎全方位地影響了我的生活的各個層面。

沒有書，將會多麼悲慘

比方說，我的家中除了書房外，客廳、餐廳、廚房、睡床上、甚至浴室內都散落著書本與雜誌。連我的茶杯、毯子、相框、花瓶、百寶箱、桌墊、甚至領帶，都有書的造型或圖案。我的皮包絕對不會是

袖珍型的小可愛，因為出門時，我非得塞幾本書在包包裡。一旦上了計程車，立刻將書掏出來閱讀。一方面爭取時間多讀幾頁，一方面杜絕情緒激昂的司機老大打開話匣子向我抱怨政治或交通。和朋友有約，我通常希望選定書店碰面，無論哪一方遲到，另一方都不會火冒三丈，書店內的書，絕對可以讓「等待」這件事變得不會太無聊。

此外，經過多年的經驗，我出國旅行時，總是盡量搭乘某一家航空公司的飛機，倒不是我貪圖促銷的累積哩程數，也不是因為該公司空服員比較親切或餐點特別可口。對我來說，機上提供多樣化的英文雜誌及報紙，是我選擇這家公司的主因。想一想，十幾個小時的長途飛行，擠在窄小的座位裡，不靠翻閱這些雜誌，整個旅程將會多麼難耐。當然啦，我也可以閱讀隨身攜帶的書籍，不過，我多半還是把時間耗在機上提供的形形色色雜誌。數不清多少次了，我從其中獲得意外驚喜，一則精采書評、一篇人物或城市的深度報導、一頁創意十足的廣告文案或是幾個居家裝潢的點子，閱讀這種免費的讀物，往往有一種「打野食」的快感。

安抵目的地後，我最感興趣的，就是穿梭在當地的書店——如何找書及書店是我拜訪城市的主要目的。回到台灣後，我靠著買回的這本、那本書，不時追想當初購買時的情境，以及和店主的聊天經驗，最後，它們更成為我寫作的題材。在陽光、空氣、水之外，對我而言，「書」是另一種必要的生存要素。沒有音樂、沒有電影，我或許

這個以拉頁方式裝訂的經摺裝畫冊《蝶千種》，是由美國大都會博物館於1979年根據其收藏所出版的覆刻本。原版是明治37年（1904年）4月由京都的出版社山田藝草堂所發行，木刻版畫為神阪雪佳的作品。雖然買不起原版，但是我至少可以擁有覆刻本乾過癮。

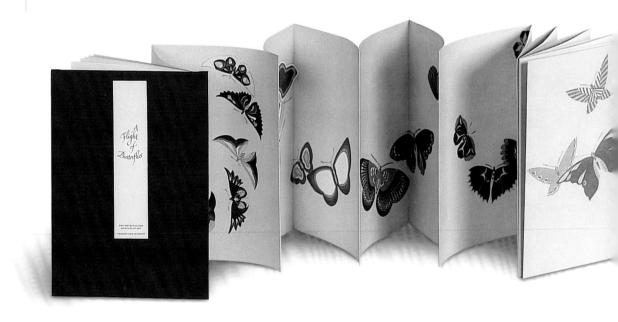

還能存活，但是，我簡直不能想像沒有書的日子，將會是何種悲慘的模樣！

逐書而行，為書走天涯

圖書館是我旅行時必遊的另一個觀光景點。從國際級的國會圖書館（Library of Congress）、都會性的紐約市立公共圖書館（New York Public Library）、學院派的大學圖書館、乃至小型的社區圖書館，不僅是我疲累時的最佳休憩場所，更是我查email、做研究、找資料的樂土。如果圖書館附有「珍本書部門」（Rare Book Department）或是「特藏區」（Special Collections），那就更美妙了！

到紐約市，我總是喜歡到第五大道上的市立圖書館總館，觀賞各類主題展。1999年夏天，我正巧碰上蘇俄作家納博科夫（Vladimir Nabokov）的百年誕辰展。納氏的母語為俄文，四十歲才搬到美國，《羅麗塔》（*Lolita*）是他以英文寫出的名作，我每回讀它、每回都感到佩服，尤其是那無懈可擊、石破天驚的第一段：

Lolita, light of life, fire of my loins. My sin, my soul. Lo-lee-ta: the tip of the tongue taking a trip of three steps down the palate to tap, at three, on the teeth. Lo. Lee. Ta.

西方書籍的製作可以講究到書的邊緣，書籍的紙頁邊緣不僅上了金漆，還以專門的鐵器壓出凹凸的波浪皺摺圖案。如此特別的技法，在西方名之為 "gauffer" 或是 "goffer"。

這是另一個裝訂講究、展現書籍之美的例子。這本書以壓書器將邊緣斜壓，出現了裝飾性的美麗圖案，這種為書邊所作的特殊繪畫，英文稱之為"fore-edge painting"。

這段音感、意象十足的經典開場，總讓我一看到字句就忍不住張開嘴、捲著舌頭大聲朗讀。能在圖書館看到納博科夫的豐富文獻與精采照片，實在是很過癮的事。

至於舊金山市立公共圖書館（San Francisco Public Library）內的「書籍藝術與特藏區」（Book Arts & Special Collections），更彷如我的御用書房。博學又親切的館員在我的要求下，會小心翼翼地由書櫃或儲藏間取出我所渴望的珍本書，放在我的座位前。我還可以在這裡親手撫摸由威廉‧摩里斯與伯恩-瓊斯在百年前共同精心設計、印製的《喬叟作品集》，零距離感受那質感絕佳的印刷與插畫。我也得以翻閱1755年出（初）版的《英語字典》上下兩巨冊，親眼查看編纂者約翰生博士對一些詞彙（如「燕麥」）的幽默定義。但當我想到英國文學家華滋華斯（William Wordsworth）、柯立芝（Samuel Taylor Coleridge）、珍‧奧斯汀（Jane Austen）、狄更斯（Charles Dickens）、喬治‧艾略特（George Eliot）、布朗寧夫婦（the Brownings）及伯朗黛姊妹（the Brontës）等人都是根據這兩冊43公分長、26公分寬的厚重版本來習作時，敬畏之心卻又不禁油然生起。

我的旅程往往還受到歐美定期舉辦的書展所左右。早些年，因為關心新書出版的趨勢，我會在10月份參加德國的法蘭克福書展、5月時趕赴美國書籍博覽會。這些年則因為專情於舊書，所以寒暑假不教書時，總是選擇期間正好有不少古董書展及二手書展的美國加州棲息。

書讓人生更有趣！

訪書的過程中，總是會發生一些令人印象深刻的事件。有一回，我在某個古董書展角落，發現一張清朝道光年間的木刻版海防諭令，內容是關於廣州虎門外國船隻的出入規定。這張諭令是清廷頒給米國（美國）船主的，上面除了以毛筆寫著確切的頒布時間為道光二十九年（1849）四月初九，還蓋了海防官印。我看到這張類如海報般的諭令，頓時而有時空錯置之感，也想把孤零零的它，從四周環繞的洋書

耗時23個月、一共只印了438本的《喬叟作品集》，是由詩人匠師威廉‧摩里斯與伯恩-瓊斯的傳世傑作。我永遠記得在舊金山市立圖書館的特藏區，親手觸摸它那一刻，內心悸動不已的情形。

洋畫中搶救出來。

　　然而，這諭令的標價卻遠超出我的預算。我問攤位主人是否知道諭令來歷？他搖搖頭，只知道那是中國古物。我看完全場之後，又繞了回來。問他最低多少錢才肯賣？攤主表示願以半價出讓。我還是嫌貴，只好喪氣地逛到別的書攤，和熟識的主人聊天，順便徵詢意見，看看是否可以再次講價？書商朋友們大大教訓了我一頓，勸我別再殺

大清廣州虎門屯防軍民府巡查虎門商船出入口事務春為
查驗放行事照得外國大小商船來廣貿易經過虎門出口入
口必須驗單放行已與各國
領事官議定章程如經中國本軍民府紅單不准開艙卸貨嗣
後凡一切商船出入虎門要口須遵照章程將船名商名報知
本軍民府給單放行須至紅單者

道光二十九年
四月初九日省給
米國船主庇度路
照

每次看到這張清朝的論令，就讓我想起幾年前，懇求書商降價買它時所歷經的轉折過程。有些時候還是得放下矜持與尊嚴，才不至於空留遺憾。

價了。因為賣方一下子就給了50％的折扣，肯定已是合理價位，再殺就是對攤主的污辱！

我掙扎了半天，想著這張諭令最終若因此乏人問津，對書攤主人又有何益處呢？終於還是瞞著那幾位書商朋友，在書展結束前，厚著臉皮又回到賣諭令的攤位。

我以著期期艾艾的聲音對書商坦白：「我的荷包裡只剩一點錢了，如果這數目你能接受，我真的很希望能買下這張印刷品。」心裡想著這話說完肯定換來對方一陣怒斥，誰知那書商竟然微笑地說：「把它帶走吧！我很高興這件典故不明的東西，終於找到一個了解它的主人了。」銀貨兩訖後，我們彼此開心地握了握手。

事後幾位書商都替我捏把冷汗，慶幸我碰到修養好的人，沒被罵個狗血淋頭。有些書商則是稱讚我大有膽識，不入虎穴，焉得虎子！當然也有些人在一旁潑冷水，能把成交價降到訂價四分之一，肯定是漫天開價，我說不定還多付了呢？！

又有一年夏天在舊金山旅行，得知以《山居歲月》（A Year in Provence）一書成名的作者彼得‧梅爾（Peter Mayle）恰巧也在當地，並將在某家書店為他的小說《追逐塞尚》（Chasing Cezanne）簽名。我當時正替台灣一家出版社規劃他的中文版散文集《有關品味》（Expensive Habits），身邊又剛好帶著英文原書，於是拿著書跑到現場請他簽名，並有幸訪談。他問我怎麼會千里迢迢在此與他相遇，我回說：「Chasing Mayle（male）！」惹得他和一旁的太太哈哈大笑。這句話一語雙關，既可解為「追逐梅爾」、也可聽成「追逐男性」，因為「梅爾」與「男性」的英文同音。

書的所在就是天堂的所在

我這些年來的日子，就是圍繞著與書相關的人、事、地、物打轉。《書天堂》這本書是繼《書店風景》之後，我的另一本私人書

話，其目的只是想表達一個愛書人對書、對文字的鍾情；對book people、對book places的禮讚。書中的篇章多半發表於我歷年來的三個專欄：「說書」、「Book World」、「People, Places & Books」，它們所顯示的不過是我的生活切片、捕捉了書世界的幾許浮光掠影。但誠如英國14世紀的德倫主教（Bishop of Durham）理查·德伯利（Richard de Bury）在他的傳世之作《書之愛》（*Philobiblion*）中所提到的：「藉著書的輔助，我們可以記憶過去、預知未來；我們因為文字的記載而使得變動的當下化成永恆。」

　　《書天堂》之所以誕生，首先要感謝遠流出版公司吳興文先生的牽成，因為他對我文章的欣賞，才讓我與該公司有合作的機會。吳先生愛書成癡，無疑是一個典型的bookman。此外，要特別感謝另一位書人、同時也是本書的主編傅月庵先生，他對文字的敏感、對編輯的堅持、對出版的熱情，使得本書在繁複的製作過程中，最終能以高品質的面貌呈現。美術設計唐亞陽先生獨具創意的版面設計，將書中原本屬性不一的圖像與文字，統合出簡潔卻豐富的格調；編輯陳珮真小姐與攝影陳輝明先生兩人對編輯事務、圖象翻拍的大力協助，都讓本書更具光彩，楊豫馨小姐不辭辛勞把關校對則讓全書更臻完美。最後，一定要感謝的是我的母親，因為她的理解與支持，才能放任我在西方的書世界裡快樂地徜徉。沒有她，就沒有這本書。但願這本書像一張魔毯，能帶領所有的愛書人一同在「書天堂」中暢快翱翔。

攝影：齊夫

自從第一本書《書店風景》出版後，已近八年。練劍八載雖然漫長，但是能在書天堂中恣意翱翔、紀錄自己的過往，畢竟是一件幸福的事，只希望這本書所展現的書之美、書之愛，能讓更多人分享。

國家圖書館出版品預行編目資料

書天堂 / 鍾芳玲著. -- 初版. -- 臺北市：遠
流, 2004[民93]
　　面； 公分

　ISBN 957-32-5353-4（平裝）. -- ISBN 957-32
-5338-0（精裝）

　1. 書業

487.6　　　　　　　　　　　　93018718

綠蠹魚叢書 YLG01

書天堂

作者：鍾芳玲
策劃：綠蠹魚編選小組
主編：傅月庵
責任編輯：陳珮真
圖片翻攝：陳輝明
美術設計：唐亞陽工作室

發行人：王榮文
出版發行：遠流出版事業股份有限公司
地址：台北市100南昌路二段81號6樓
電話：（02）2392-6899　傳真：（02）2393-6658　郵撥：0189456-1

香港發行：遠流（香港）出版公司
地址：香港北角英皇道310號雲華大廈四樓505室
電話：（852）25089048　傳真：（852）25033258

著作權顧問：蕭雄淋律師
法律顧問：王秀哲律師・董安丹律師
2004年11月1日　初版一刷
行政院新聞局版臺業字第1295號
售價◎新台幣：450元（平裝）◎新台幣：600元（精裝）
（缺頁或破損的書，請寄回更換）
版權所有・翻印必究　Printed in Taiwan
ISBN 957-32-5353-4（平裝）
ISBN 957-32-5338-0（精裝）

遠流博識網 http: // www.ylib.com
E-mail: ylib@ylib.com